KB080178

누군가 간절히 나를 부를 때

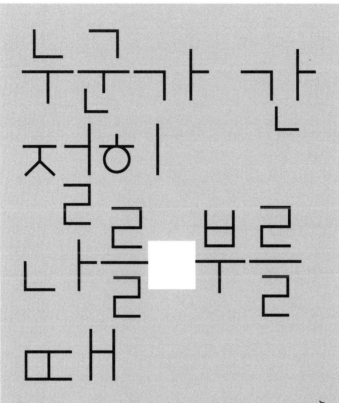

누군가 간
절히
나를 □ 부를
때

사인수첩 시인선 004

임동확 시집

○○ 문학수첩

나의 시를 떠밀고 온 것은 내 의지가 아니었다. 이전에도, 이후에도 너였다. 한 세대가 흐른 후에야, 겨우 그걸 알았다니! 운명이여, 힘겹게 내민 나의 악수를 받아 다오.

2017년 여름 두문루(杜門樓)에서

임동확

| 차 례 |

시인의 말 · 5

# 1부

# 2부

# 3부

## 4부

1부

# 운석

　견고한 밤의 고요를 뚫고 무사태평한 날들의 비닐하우스를 찢어발기며 백금처럼 불멸하는 기억의 원소들이 온다. 너무도 두렵고 순결하여 차마 발설하지 못한 46억 년 전의 태양계 저편, 굳게 봉인된 시간의 비밀을 물고 지금껏 중심의 별 하나 갖지 못한 채 화성과 목성 사이를 부랑아처럼 떠돌던 운석들이 신의 사자들처럼 몰려온다. 한낱 눈먼 탐사객들이 일확천금을 노리며 단체 관광버스로 몰려와 멈춰 버린 시간의 잔해들을 사냥 나서는 이상한 행성. 비로소 저만의 궤도에 안착한 우연들이 흠 없는 최초의 원형과 예지를 떠안은 채 그만 다급히 콩밭으로 숨어들거나 개울물로 뛰어든다. 마침내 완강한 사랑의 중력에 붙들린 채 더 낡거나 늙기 이전의 위엄을 불러 모으는 천체들이.

# 안압지의 밤

검은 수면의 경계에 바짝 엎드린 가시연꽃들만이
제 그림자를 감춘 채 가만 피어나는 밤의 안압지,
중력 잃은 직립의 풍경들이 마치 놀란 개구리들처럼
연못 속으로 첨벙첨벙 뛰어들고 있다
낮 동안 기세 좋게 펄럭이던 인공 낙원의 깃발도,
고집처럼 우뚝한 천년 왕궁의 성벽도 여지없이 뒤집혀
있다
마치 엄연한 현실처럼 여느 때보다 불빛 환한 밤의 정
원,
그새 머리칼을 풀어헤친 늙은 소나무와 버드나무 들이
채 바닥을 짐작할 수 없는 세월에 몸 던진 채 거꾸로 서
있다
여전히 무너져 내릴 줄 모르는 왕들의 큰 무덤 같은
어둠을 끌어안은 채 더욱 웅성거리는 안압지의 밤,
그때까지 불쑥거리던 군중들의 소란을 정지시키며
여태껏 길들일 줄 모르는 힘센 고요가 들어서고 있다

# 저녁이 온다

아주 먼 곳으로 떠돌 때만 다가오는 고향 같은 저녁이
온다

저녁노을이 바쁜 귀갓길을 잠시 붙드는 사월의 보라매
공원 저편

무엇이든 지우거나 삼키려 드는 큰 입을 등 뒤에 숨긴
어둠이,

일생을 두고 감추고 싶은 비밀 같은 밤이 밀려오고 있
다

행여 단단한 각오나 용기 없이는 무작정 빨려 들어갈
뿐인 무인칭의 시간,

미처 그만이라고 소리칠 새 없이 다가오는 미지의 힘에
그저 이끌려 갈 뿐일,

그러나 정작 아무 일도 일어나지 않을 것 같은 정적이
열리고 있다

차라리 나라면 결국엔 이문 남기며 파장하는 골목 시장
의 상인들 같은 소란,

짐짓 자신마저 속고 마는 평화보다 덜컥 거리의 유세를
택할 고요가

연신 연초록 느티나무 나뭇가지로 귀가하는 참새 떼처럼 몰려들고 있다

그러나 그 어디에도 소속되지 않은 나를 끝없이 호명하는 저물녘의 어머니

더는 버틸 힘 없는 영혼의 다리뼈를 일으켜 세우던 삼종(三鐘)의 종소리 같은,

자칫하면 미처 예상치 못한 억센 손길에 찢겨 죽을 수도 있는 과거 혹은 미래가,

아니면, 결국 너와 나 사이 하나의 깊이로 불러 모으는 해구의 소용돌이가.

# 고요는 힘이 세다

아직 꽃피기에 이른 참싸리가 홍자색 꿈을 꾸며 두런거리는 봄밤. 정적과 평화의 순간은 잠깐뿐, 벌써 숙소 바로 앞 폭포에서 떨어지는 물소리가 유리창을 두드린다. 해남 대흥사 천불전 담장 곁 청매실들이 둔탁한 소리를 내며 길바닥으로 떨어져 내리고 있다. 저 멀리 썩은 굴피나무 둥지에 돋아난 노란 개암버섯들이 한낮 천년수 가는 길에 보았던 독사처럼 꼿꼿이 자루를 세우고 갓을 편 채 독을 뿜어내고 있다. 일사불란하게 군락을 이룬 채 흔들리던 동백나무, 비자나무 숲도 돌연 자유 시민이 되어 오직 각자의 명령과 보폭에 따라 흩어지고 모여들기를 반복하고, 북가시나무 위에선 미처 예측하거나 대처할 수 없는 새로운 소요와 고요의 기준점을 알려 주며 되지빠귀 새가 홀로 울고 있다.

그러나 끝내 미지로 남을 낱낱의 소리들이 밤의 계곡으로 멧돼지처럼 씩씩대며 속속 집결하고 있다.

# 이중섭展

1.
필시 원치 않았을 가난보다
더 지독했을 너의 그리움,
꺾일 줄 모르는 너의 의지가,
아니 그럴수록 예리한 너의 고독이
흰 소처럼 씩씩대며 뒷발을 차고 있다
저를 삼킬 듯 큰 물고기 아가리,
집게발을 가위처럼 벌린 게를 보며
마냥 깔깔대는 벌거숭이 아이들이
환한 배꼽을 드러낸 채 나뒹굴고 있다

2.
기교마저 생략한 최소한의 면적과
상상을 가둔 최소한의 구도만이
간신히 허락된 너의 적빈(赤貧)이,
그래서 필시 비대칭의 화면이었을
너의 극빈(極貧)이 식솔들을 이끌고
결코 이별 없는 태초의 땅

더 이상 전쟁도, 가난도 없는
무채색의 하늘을 향해
먼 길을 재촉하고 있다


3.
굶주려 쭈그러든 위장처럼 맑아서
아무런 색채도 받아들이지 못하는 은박지,
그래서 깊게 긁힌 세월의 흔적만
덩그러니 선명한 너의 은지화(銀紙畵),
그래서 궁극엔 무두질 된 너의 천진만
본질처럼 남은 영양 결핍의 필선들이
어느새 끈처럼 늘어난 두 팔을 뻗어
한껏 자유로운 공중제비를 돌고 있다

# 김종삼 음악회

바흐의 바이올린 독주를 위한 소나타를 듣는 내내,

끊일 듯 조여진 시간의 현(絃) 위에 고여 드는

영영 끝날 것 같지 않는 G 마이나의 어둠 속

해종일 바깥으로 나도는 아이들을 불러들이는

어느 흐린 지상의 저녁 반가운 어머니 음성

부르고 또 불러 봐도 언제나 그리운 안니로리,

세상에 오직 단 하나밖에 없는 라산스카의 목소리

# 김수영 문학관

그의 문학관은 일종의 사전이다
애써 펼쳐 보지 않으면 그저 모든 게 모호하다
분분한 해석만 양계들처럼 구구할 뿐이다

그렇다고 모호한 것들이 명확해지는 건 아니다

결코 사전에 갇힐 수 없는 그의 말들은,
언제나 모반을 꿈꾸는 의미를 소환하며 출타 중이다
제각기 다른 설움과 절망을 일으키며 모여들고 있다

그러니까 그의 난해성은 서툰 한국어 구사력이나
그의 방대한 독서력 때문만이 아니다. 정확히 말하자
면,
말할 수 없는 것들을 번역하려는 필사적인 노력,
비밀을 비밀로 말할 수밖에 없는 곤혹에서 온다

아무래도 조금 모자라거나 흘러넘치는 자유에 있다

방금 열려 있는가 하면 어느새 닫혀 있고,
들켜 주는가 하면 그만 감추는 데 열성인 김수영 문학
관

그는 여전히 거역하라, 거역하라고 소리 없이 절규하며
대한민국에서 그중 가장 힘센 고정관념과 싸우고 있다
어떤 사전에도, 명령에도 갇히지 않는 그의 긍지가
풀과 바람, 첨단과 정지의 경계를 넘나들며 우뚝 서 있
다

끝내 미완성으로 남은 그의 사랑의 변주곡이 들려오는
토요일 오후

# 장항선

언뜻 옥수수밭, 공동묘지가 스쳐 가고
어느덧 작은 언덕 위에 들어서 있는 공장들,
밭 너머로 제법 규모를 가진 소도시가
슬그머니 소음 벽을 타고 넘어오는 장항선.

늙은 팽나무 대신 냉동 창고가 들어서고
차창 안으로 불쑥 포도밭이 얼굴을 들이밀고,
가끔씩 저녁밥 짓는 연기들도 보여 주는 장항선.

그러나 한번 놓쳐 버린 어미의 손 같은
그리움이 앞장서 가고 있는 장항선.

내가 찾는 것들이 없으리란 걸,
언제부턴가 눈치채기 시작했던 장항선.

그래서 더욱 머나먼 저곳으로부터
나를 연신 호명하는 노래 같은 장항선.

태초부터 멈출 줄 모르는 밤의 고독이
한사코 바다로만 달려가고 있는 장항선.

때가 되면 여지없이 몸살을 앓던 아이처럼
결코 아물지 않는 상처의 입술 같은 장항선.

그러나 특별할 것 없는 생의 노선을 보수하며
여전히 떠나간 것들을 놓아주지 않는 장항선.

# 시간의 성채
- 증도 1

사리 물때의 염초 식물원엔 물에 잠긴 함초의 시간이, 칠면초 무성한 늪지엔 활처럼 잔뜩 머리를 구부린 채 먹잇감을 노려보는 왜가리의 시간이 흐르고 있다. 마치 침입자처럼 기웃거리는 교회당과 보건소의 시간이 작동하지 않을 것 같은 증도. 햇볕 쨍쨍한 염전엔 뿜어 올린 해수가 희디흰 소금 결정으로 떠오르는 속도가, 겨울이면 어김없이 꽃피기를 두려워하지 않는 동백꽃의 절기가 지속되고 있다. 그러나 끝내 그 시간의 성채에 끼어들지 못한 채 겉도는 스티로폼, 그물망들이 난민들처럼 떠밀려 나온 해안가. 미처 제지할 틈 없이 휩쓸려 가면서도 그렇게 홀로 뒤처진 채 절뚝거리는 잔모래의 시간이, 그러나 때로 소금 창고처럼 기울어 가는 추억의 맨발만 남은 시간이 단 한 치의 오차도 없이 흘러가고 있다. 어느새 조금 물때의 갯벌 바닥 송송 뚫린 구멍 사이로 분주히 기어 나온 짱뚱어와 칠게, 농게의 시간이 뒤죽박죽 뒤섞여 빛나는 저물녘. 결국엔 퇴로 없는 종말론에 닻줄처럼 묶여 있을 세속의 시간이, 그러나 단 한 번도 어긋남 없는 무한순환의 시간이 서로의 주기를 맞추며 흘러가는 증도. 거기엔 지금도 오롯이 증도의 시간이 째깍거리고 있다.

# 시간의 발굴
-증도 2

동경 126도 5분 6초 북위 35도 11분 15초의 증도 앞 바다엔 난파된 고대 선박의 유물들. 열 개씩, 스무 개씩 묶인 채 끌려 나온 청자, 백자, 흑유(黑釉), 잡유(雜釉), 백탁유(白濁釉), 금속품과 석제품, 그리고 수십 톤의 동전 과 향기 짙은 자단목이 동결된 시간의 진흙을 털어 내고 있다. 신안해저유물발굴기념비에서 서북방 2,750m 지점 엔 필시 황포 돛대를 달고 먼 나라로 항해하고 있었을 무 역선. 그러나 예상치 못한 돌풍과 거친 물살에 휩쓸려 한 꺼번에 침몰한 선원들의 취사도구와 수저들, 목제 신발과 일본 장기의 말들이 차갑게 얼어붙은 몸을 해녀처럼 말리 고 있다. 눈길 닿는 해변의 풍경들마다 제 형태를 고스란 히 뽐내며 저물어 가는 지상의 다저녁. 여전히 보이지 않 는 수중의 소용돌이 속엔 갈 곳 잃은 소유주의 목패와 수 결(手決)들이 또 차례의 인양을 기다리며 잠들어 있다. 시 계(視界) 제로의 바다 밑 밀물 썰물이 잠시 흐르기를 중단 한 사이, 심해 잠수사가 수백 년의 단절을 깨트리며 일일 이 손으로 더듬어 막 캐낸 싱싱한 문명의 현재가.

# 녹두서점[*]
– 시간의 행로

2016 광주비엔날레관 제1갤러리 '산 자와 죽은 자, 우리 모두를 위한'이란 부제를 단 설치 미술 작품 '녹두서점'으로 들어서는 한 청년이 서점의 진열대에 꽂혀 있는 신간 잡지들을 들춰 보고 있다. 광주시 동구 계림동 505번지 헌책방 골목의 한 귀퉁이 비밀의 아지트, 그러나 이미 자기 밖으로 벗어난 시간들이 은밀하게 불러 세우며 모여들고 있다. 돌아보면, 각자 뿔뿔이 흩어져 갔을 뿐인, 그러나 끝내 하나로 웅성웅성 모여들던 역사의 순간들이 '창비 영인본'이나 월간 '뿌리깊은 나무' 등 구간(舊刊)의 서적들을 밀어내고, 바로 그 자리에 '90년 한국 미술과 포스트모더니즘' 또는 '대한민국 무력 정치사'들로 채우고 있다.

새로 짠 송판의 관 뚜껑 위에 태극기와 시든 꽃다발, 몇 개의 귤과 사과 들이나 뒹구는 비엔날레관 입구. 한사코 닫히거나 저지하기에 바쁜 과거의 책갈피 속에서 최소한의 기억만으로 희미하게 서 있던 녹두서점이 미래와 연루된 사실과 의미를 언뜻 보여 주고 있다. 최후의 날까지 도청을 지키던 한 청년이 그때마다 환한 현재형의 역사를 소환하며 그새 옛 녹두서점 주인 부부와 반가이 악수를 나누고 있다.

---

* 1977년에 문을 연 녹두서점은 광주 지역 학생 운동과 1980년 5·18 항쟁 세력의 사랑방이자 지적 저수지 역할을 담당했던 곳으로, 2016년 광주비엔날레에서 스페인 작가 도라 가르시아(Dora Garcia)가 설치미술로 재현한 바 있다.

# 보라매 공원

잘 익은 검은 버찌가 발등 근처로 탁구공처럼 튀어 오르다 굴러가고

멀리 연못에선 밤을 기다리며 한껏 수압을 낮춘 분수가 굼뜨게 물줄기를 뿜어내고

등산복 차림의 중년의 한 사내가 가던 길을 멈춘 채 핸드폰 문자를 확인하고 있다

불쑥 나타난 헬리콥터가 창공을 선회하다가 기상청 쪽으로 날아가는 오후 두 시

주인 잃은 애완견처럼 나무 의자 곁을 쭈뼛거리던 비둘기들이 허깨비 같은 관념보다 딱딱한 아스팔트 바닥을 연신 쪼아대고

아예 서로가 무관하게 살고 있을 뿐이라는 듯 각자가 다른 생각에 잠겨 꾸벅꾸벅 조는 동안

전동 휠체어를 타고 흰 마스크를 한 보라매 병원의 할머니들이 느티나무 아래로 하나둘씩 모여들고

때마침 불어오는 불청객 같은 바람만 좀처럼 그늘 밖을 벗어나지 못하는 맥문동을 가만 뒤흔들고 있다

뒤돌아보면, 그러나 필시 하나의 독무(獨舞)이자 거대

한 군무(群舞)였을 날들이 별다른 저항도 없이 마구 흘러
가고 있는 사이.

# 가을 음악회

일찍이 서로 같지 않은 소리들이 하나 되길
소망했던 군주가 묻혀 있는 중세의 왕릉* 한구석
앳된 미성(美聲)의 가수들이 숨을 고르며 대기하고
저만의 지정석에 가만 착석한 악공들이
뚜렷한 이유 없이 서로 갈망하고 아파하는,
부드럽거나 사나운 시간의 악기 줄을 조율하고 있다
떠오르는 순간 의미를 잃어버린 감각의 흔적들,
벌써 투명해진 제안들이 마구 쏟아지는 가을 음악회
저마다의 폭과 깊이를 가진 소리의 음영들이,
그러나 어찌 보면 지극히 단조롭고 불안한
유한한 생의 한때를 뒤흔들며 두두두둥 들어서고 있다
오래 다듬어지고 무두질 된 나무와 가죽,
그리고 천 번을 녹이고 식히길 반복했을
놋쇠의 심장에서 울려 나오는 진동들이,
그러나 언젠가 그곳에 이미 있었거나
여전히 거기 한 소절의 노래로 떠도는,
아니면, 앞으로도 무덤 저편에서 넘어오고 있을,
처음부터 제멋대로인 불가사의가 몰려오고 있다

정형과 즉흥, 평형과 역동이 살아 뜀뛰는 야외무대
제가 원하는 것보다 더 스스로를 잘 알고 있다고 믿는,
그래서 마냥 궁금하더라도 대뜸 따져 묻지 못한 채
그냥 수수방관할 수밖에 없는 시원의 음절들이

* 선릉은 음악의 원리, 악기의 배열, 무용과 악기 사용법 등을 정리한《악학궤
범》을 남긴 조선조 제9대 왕인 성종이 묻혀 있는 곳이다.

2부

# 땅끝에서 부르는 노래

넌 낱낱이면서 하나인, 하나이면서 낱낱인 외로움이 전부인 수평선

네가 생각날 때면 난 달라진 게 없다. 여전히 난 땅끝에서 서성거리고

넌 애써 태연을 가장한 은빛 물결로 반짝이며 저 바다 멀리 머물러 있다,

영원히 키가 자라지 않는 아이처럼, 아니면 갈두항에 묶여 있는 낡은 한 척의 어선처럼.

문득 역광이 화살처럼 쏟아지는 오후 네 시의 바다, 백리향이 피어난다

서로 의지하거나 때로 싸우며 무성해 가는 사스레피나무 아래로 네 숨결이 실려 온다

그러나 난 자꾸만 해벽에 미끄러져 내리는 흰 파도처럼 끝내 다가갈 수 없어

그새 깊고 아득해진 바다 위에 정박한 섬처럼 떠도는 시간들을 무기력하게 지켜본다

거기 들어서는 순간, 무엇이든 삼킬 기세의 폭풍 같은 고요의 심연에 닻을 내린 채

다가갈수록 물러나는 너와 나 사이, 결코 좁힐 수 없는 거리만큼 아득하고

비장한 각오도 없이 네가 남긴 유일한 흔적인 순수한 기억을 덜컥 움켜쥔 채

너를 찾을 때만 동백 잎처럼 반짝이는 내 두 눈이 언제나 그곳에 서 있었거나,

여전히 그 자리를 떠나지 않은, 아니면 앞으로도 오래 거기 남아 있을 너를 부른다.

# 첫눈이 왔을 뿐인데

그냥 스쳐 지나갔을 뿐인데, 아주 머나먼 곳의 음성들이 기도처럼 나직이 속삭이고, 결코 살아 본 적 없는 시간의 거리들이 다가오고 있다. 단지 눈길 한 번 마주쳤을 뿐인데, 특별한 이유 없이 쓸쓸한 가슴속에선 오래전부터 서로가 서로를 향해 용서를 청하는 집단 고백이 이루어지고 있다. 무심코 그저 이제 그만, 소리쳤을 뿐인데, 방금까지 청년처럼 활발하게 굴던 도시의 성장이 잠시 멎고, 이내 말 한마디 던졌을 뿐인데, 오래 꿈꾸지 못한 불멸의 의미들이 돌연 생전의 모습으로 울부짖고 있다.

겨우 첫눈이 왔을 뿐인데, 문득 얼음보다 차가운 고독과 지옥 불보다 뜨거운 광기, 그리고 다가오는 전부를 너라고 부르지 않고서는 견딜 수 없는 순간의 풍경들이 밀려오고 있다. 그러나 결국 그게 나였다고 할 수밖에 없는, 여태껏 어디서 누구와 사는지 묻지 못한 먼 곳, 아주 먼 곳의 그녀가.

# 칸나

언제나 나의 바깥에서 들려오는 목소리, 그때마다 나의 예감과 기대를 배반한 채 마치 이 세상에 속하지 않은 듯 넌 이미 계시처럼 다가와 있다.

일체의 망각도 허락되지 않는 하나의 명령이자 온몸을 마비시키는 발작처럼 밀려오는 고독과 불의에도 쉽게 굴하지 않으려는 듯 불쑥 키를 늘리고 있는 너의 오후.

무기력하게 난 이제 보이지 않는 너의 음성에 그저 귀기울이는 것밖엔 다른 처분이 있을 리 없다.

결코 단 한 번도 드러난 적 없는 네 침묵의 위엄을 감당하기 위해선 더욱 단순하게 노래하며 떠밀려 갈 수밖에 없다.

# 너의 눈동자

아무것도 빠져나가지 못한 무한의 해저(海底) 같은 시간의 동공을 들여다보고 있노라면, 어느 한곳 하나 성한 데 없어 더욱 비장한 너의 배후. 그러나 거대한 수압을 가르며 솟구쳐 오르는 물살의 리듬처럼 울부짖는 너의 영혼.

탐내는 건 어디까지나 나의 자유라지만, 한 가닥 남은 지상의 슬픔마저 끌고 들어가는, 아무도 도망갈 수 없는 태초의 어둠. 아직 누구도 훔쳐 가지 못한 보석처럼 빛나는 너의 망막.

간신히 수면으로 내민 고개를 휘감고 돌며 끝내 익사시키는 너의 전신(全身). 그래서 더욱 해독 불가능한 비밀처럼 미래를 일깨우며 자꾸만 커지는 너의 전부.

단 한 번뿐인 죽음의 의지마저도 닿을 수 없는 종족의 우물처럼 그 어느 절망보다 아득하고, 그 어느 불가능한 희망보다 검게 빛나는 네 두 눈동자를 보면.

# 너를 찾아서

오늘 밤에도 난 애써 묻지 않으면 결코 다가오지 않을 너의 손을 잡으며 맹인처럼 널 부른다. 그러나 초정밀 열영상 현미경으로도 접근 불가능한 네 눈동자와 마주친 내가 누구인지 확신하지 못한다. 행여 너의 전부를 미국 국가안보국(NSA)처럼 추적한다고 해도, 난 여전히 대기권 밖의 허블 망원경처럼 떠도는 네가 누구인지 묻고 있다, 설령 그 시작과 끝이 드러나고 드러난다고 해도, 밤의 블랙홀처럼 연신 나를 떠밀고 가는 너를 찾으며.

# 사월의 바다

검고 힘센 수심의 아가리가
입 벌리고 있을 뿐인 사월 바다엔
나는 없다, 나를 찾을 길 없다
힘없는 시간의 난간마다 펄럭이는
빛바랜 노란 리본들만 펄럭일 뿐
난 아무것도 보지 못한다, 오히려
결코 피할 수 없는 큰 눈이 깜박일 뿐이다
이제 세상의 눈길이란 눈길을
하나의 망막으로 결집하는,
더 이상 그 어떤 예언도, 기도도
가닿지 못하는 시선의 사월 바다엔

# 솔베이지의 노래

누군가를 잊지 못할 때 과연 우린 무얼 하는 것일까?

뭐라고 말할라치면 그만 사라질까
단지 기억할 수밖에 다른 도리가 없는,
그래서 더욱 숨 쉬기조차 버겁고 미안한 저녁 광장
생일날이 장례식이 된 작가 없는 전시회가 열리고 있다

채 오지 않는 미래엔 제빵사, 배우, 선생, 간호사, 동물
학자, 치과 의사, 격투기 선수와 같은
직업을 꿈꾸었던 차마 부르지 못한 얼굴과 이름 들,
그리고 혼자 살아남았다는 것 때문에 죽어 간 한 의인
을 기억해 낼까

그래서 더 간곡하고 절실하게 노래는 절정을 향해 가지
만
단 한 명의 아이도 빈 교실로 돌아오지 못한 채,
짐짓 게릴라를 자처하는 가수의 노랫소리만
찬 공기를 가르며 침묵의 광장으로 느리게 울려 퍼지고

있다

　그러나 당장이라도 객창을 도끼로 깨며 올 것 같은
　막연한 예감에 한시라도 잠들지 못한 불면의 바다,
　어디선가 잘려 나온 절규들이 맹골수도를 빠져나와
　아파트 창문을 두드리고 초인종을 누른다

　꿈에도 다 해진 운동화를 끌어안고 놓아주지 않던 아
이,
　모포를 둘러쓴 채 노을 진 바다를 바라보던 엄마를 불
러낸다

　그새 병들고 지친 세월이 한 애교둥이를 못 본 척 눈 감
고 있는 저녁,

　국가는 여전히 가만있으라, 선무방송하고
　그만 백발이 성성해진 미치광이 같던 분노와
　모욕들이 뼈만 앙상한 무릎에 제 머리를 파묻은 채

어디론가 떠도는 유령선의 시간들 곁에 쭈그려 앉아 있
다

# 진혼가

### ─'4·16 대재난'에 부쳐

차고 빠른 물살의 사월 바닷속으로 다시 돌아올 수 없는 먼 길을 떠난 내 아이들아.

검고 무서운 파도가 오래 굶주린 배를 채우는 악귀(惡鬼)들처럼 날뛰며 너희들을 집어삼킨 대재난 속에서 무기력하기만 한 우리들의 분노는 너희들의 슬픔을 겨우 대신하는 노란 손수건, 그저 부끄러운 우리들의 피눈물은 너희들의 목마름을 적셔 줄 한 방울의 물, 그리고 어찌해 볼 도리 없어 그저 발만 동동 구르던 우리들이 켜는 촛불은 너희들의 앞길을 밝혀 줄 작은 등불.

하지만 그것들조차 애써 무시하며 오직 너희들의 의지와 힘만으로 지옥 같은 맹골수도의 어둠을 벗어나라. 단한 명도 구원하지 못한 공화국의 선무방송에도 흔들리지 말고, 팽목항에서 너희들 이름을 애타게 부르는 제 어미의 소리에도 뒤돌아보지 말고, 더 이상 미련 없이 결코 두려움을 모르는 영웅처럼 해 뜨는 동쪽, 불멸의 영혼을 가진 신들의 나라로 곧바로 가라.

"엄마, 난 어디서 온 거지?" "아빠, 우린 어디로 가는 거지?"

어느 날 갑자기 그렇게 물으며 몰라보게 커 버렸던 아이들아. 단 한 번도 본 적 없고 만난 적 없는 낯선 소용돌이와 사나운 개가 지키는 문들이 연이어 나타나더라도, 크게 놀라거나 허둥대지 말라. 설령 쉬 납득되거나 감당하기 힘들다고 해도, 그 시련과 고통 들은 백 번이고 천 번이고 태어나길 거듭할 운명의 너희들이 마땅히 거쳐야 할 관문들.

너희들은 그렇듯 한 걸음씩 마침내 불사(不死)의 하늘로 다가가고 있으리니. 그때서야 긴 잠에서 깨어난 신들이 하품하며 끝까지 아름다웠던 너희들의 가장 깨끗한 육신과 해맑은 영혼을 부활의 제물로 기꺼이 받으리니.

어이 그렇지 않으랴. 필시 그 자체로 모두가 꽃이고 신이었던 아이들아.

끝끝내 구명정도, 구조 헬기도, 구조 밧줄도 다가오지 않는 캄캄한 선실 속에서 밀려드는 바닷물과 싸우면서도 믿어 의심치 않았던 구원의 손길, 어린아이들도 두려워하지 않은 침묵의 노랫소리에 귀 기울이라.

결코 찢기거나 더럽혀질 수 없는 꿈과 희망을 안고 마지막 먼 수학여행을 떠난 아이들아.

죄 많은 망각의 역사, 생면부지의 공포가 기다리는 순장(殉葬)의 바다에서 이제 스스로 선장이 되고, 조타수가 되어 너희들만의 안전한 배, 너희들만의 아름다운 꿈, 너희들만의 영원한 조국을 향해 항해하라.

# 눈먼 가수의 노래

아무도 위로하지 못하고, 단 한 명도 구원하지 못하는 가수의 노래가

금세 불온을 잃어버린 낙천주의를 끊임없이 소환하며 홀로 밥 먹는 식당의 TV를 점령하고, 하나의 박자 또는 높낮이의 화성학을 강요하며 교보문고 앞 광화문 사거리로 한꺼번에 쏟아지고 있다

도대체 침묵할 줄 모르고, 부끄러워할 줄 모르는 단호하고 뻔뻔한 목청의 노래가

오로지 아프고, 병들고 지친 자들만이 머리 찧듯 자벌레처럼 땅바닥에 납작 엎드렸다가 일어서길 반복하는 빗속의 광장

그래서 잠시라도 갈 길 바쁜 행인들의 발길조차 붙들지 못하는 비루한 영혼의 노래가

끝내 부끄럼과 수치를 모르는 맹목의 어둠이 그 아가리를 벌린 채 밀려오는 조국. 눈먼 가수의 노래가 그만 너절해진 리듬과 가사를 반복하며 홀로 비 맞고 있다.

일찍이 저만의 음역과 음색의 목청들을 서둘러 반납한 채 도리어 혁명을 모독해 가면서 피둥피둥 살쪄 가는 감성의 노래들이

# 돌의 초상
－류동훈 열사비* 앞에 서서

아무런 색도 투과하지 못하는 저녁 빛깔 같은 오늘도
기어이 내일의 한 부분이 되어 피어날 수 있는 것인가.

누군가 애써 일으켜 주기 전에 홀로 일어설 수 없는 거
대한 중량에 갇혀 있던 어느 강가의 원석이,

누구보다 스스로가 두려워 자진하여 출구 없는 죽음의
입구로 들어선 어느 이름 없는 한 청년의 생애를 가슴에
가만 새긴 채 서 있다.

필시 제가 바라지 않았을 문구의 음각조차 다시 지우려
는 듯 한 차례의 소나기가 지나간 교정의 한 구석,

마지막 밤의 절규도 잊은 채 필사적으로 도망쳐 온 무
사생환의 시간을 두 팔 벌려 가로막고 있다.

* 류동훈은 1980년 5월 항쟁 당시 한신대 신학과 2학년생으로, 5월 27일에 전
남도청에서 산화한 인물이다

# 칼데아인의 밤

금세 무성해진 마편초(馬鞭草)를 찾아 제각기 흩어져 떠도는 부족들을 떠올리며 밤 별들의 운행을 6진법으로 너끈히 계산해 내기도 했던 칼데아인들은,

아마도 인류 최초로 천상의 별들에게 이름을 붙여 줬지만 가축을 물고 가던 늑대에겐 결코 별자리를 주지 않은 것으로 보아 조금은 옹졸하기도 했던 칼데아인들은,

그러나 먼 훗날 저들의 후손인 한 청년이 마른 흙담벽 아래 검은 복면의 IS 대원 앞에 무릎을 꿇고 있을 걸 미처 몰랐을 거야.

놀랍게도 일찍이 일식과 월식을 예측했으며 밤낮의 길이가 같아지는 춘분점을 기점으로 2등분하여 별자리를 배치하기도 했던 기원전 3천 년 전의 유목 민족 칼데아인들은,

그러나 아주 먼 훗날 그들의 머리 위에 황홀하게 빛나

던 황도십이궁(黃道十二宮) 아래 끔찍한 참수형이 벌어질
것이라곤 상상조차 해 보지 않았을 거야.

# 용산역

  광주발 서울행 열차에서 내려 광장 한구석에서 막 담배한 대 피울 참이었습니다. 행색 초라한 노인이 담배 두 개비만 구걸했습니다. 난 때마침 팔십 노모의 간곡한 부탁을 듣고 상경한 직후여서 별다른 주저 없이 몇 개비 남지 않은 담뱃갑을 통째로 건네주었습니다.

  그러자 그 노숙자는 한 개비는 자신의 입에 물고, 한 개비는 나란히 앉아 있던 여성 노숙자에게 건넸습니다. 그러고 곧장 내게 필시 대리석 계단의 냉기를 막아 줄 방석이자 시월 밤의 침구이기도 할 영주 사과 박스 골판지를 내주었습니다.
  —희미하게나마 자신의 체온이 남아 있는 그 자리에 앉아 남은 담배를 다 태우라는 배려였겠지요.

  그날 밤, 난 누구에게든 적어도 답례품 같은 예의가 하나쯤 남아 있다는 걸 알았습니다. 제가 가진 최후의 염치와 자존을 지켜 갈 줄 아는 미래가 남아 있는 한, 용산역은 더 이상 동정의 눈길과 연민의 거처가 아니라고 말해 주고 싶었던 하루였습니다.

# 광장의 시간
- 토요혁명에 부쳐

저마다 촛불을 켜 든 채 하나둘씩 모여드는, 여전히 아무것도 완성되지 않는 자유의 광장.

누군가 "지금 우린 어느 땅에 살고 있습니까? 참으로 이 세상이 괴롭기만 합니다."라고 외치고, 누군가 또 그 말에 가만 귀 기울이며 잠시 행진을 멈추고….

그러나 가장 강력한 고독의 밀도를, 가장 확실한 혁명의 미래를 위하여 기꺼이 꽃처럼 모여드는 촛불의 광장.

순식간에 인도와 차도의 경계선이 지워지고, 치안이 마비되고, 또다시 긴 반동의 밤이 오가고, 그러나 미처 예상치 못한 새로운 문법의 예술과 철학과 인류가 축복처럼 탄생하고….

어쩌면 가장 불행했기에 그만큼 가장 뜨거운 구원을 꿈꾸어 온, 천부의 권리와 긍지가 펄럭이는 깃발의 광장.

군중이라고, 민중이라고, 사랑이라고, 아니 아무것도 아니라고 하면 또 어떤가. 그새 참았던 욕설이, 분노가, 슬픔이 분수처럼 터져 나오고, 그 사이로 새로운 시민들의 합창이 폭죽처럼 밤하늘로 울려 퍼지고….

그러나 어쩌면 영원히 그 누구도 주인이 아니면서 누구나 주인이었을 토요혁명의 광장.

보다 확실하고 보다 투명한 내일을 위하여 다시금 한 치의 양보도 없는 격론과 합의가 오가고, 전혀 새로운 시민 헌법을, 시민 헌장을, 시민 의회를 제안하고 있다.

# 누군가 간절히 나를 부를 때

네가 깊고 푸른 심연의 난간에 그나마 성한 영혼의 한
발을 걸친 채 그믐달처럼 매달려 있을 때

내가 사랑한 건 결국 너의 전부가 아닌, 행여 저조차 끝
없이 못 믿어 온 한낱 난파선 같은 나의 의지

기껏해야 벌써 싸늘해진 기억의 선체를 인양(引揚)하는
일만이 오롯이 너의 몫으로 남아 있을 때

내가 가진 것이라곤 널 최후의 순간까지 지탱해 줬을
법한 수평선마저 탕진해 버린 시간의 잔해들

그만 네가 신촌 사거리 바닥에 털썩 주저앉은 채 연신
엄마를 애타게 부르며 통곡하고 있었을 때

내가 확신하는 것이라곤 반향 없는 메아리처럼 사라진
너의 뒷등을 오롯이 기억하며 겨우 여기 살아 노래하며
기도하고 있을 뿐

정작 네가 처음이자 마지막으로 누군가를 간절하게 부
르며 거대한 수압 같은 고독과 마주하고 있었을 때

# 무명 가수를 위하여

무대가 거리면 어떻고, 또 술집이면 어떠랴?
너만의 목소리로 풀리지 않은 슬픔의 얼음장을 녹이고
너만의 호흡으로 돌아오지 않은 사랑의 한때를 소환하
고
너만의 절대 음으로 깨어난 적 없는
얼어붙은 땅속의 만물들을 깨울 수 있다면
지금 여기의 슬픔이란 슬픔을 거둬 가는
미래의 제사장을 불러올 수 있다면
가사가 좀 틀리면 어떻고,
음정이 불안하면 또 어떠랴?
네 음성이 이제 불굴의 젊은 너마저 부정하며
자꾸 알 수 없는 것들을 불러들일 수 있다면,
행여 망설이지 말고 너만의 리듬으로 기타를 쳐라
결코 주저하지 말고 너만의 박자로 노래 부르라
설령 제 뜻대로 노래할 수 없다 해도, 너의 육성이
당곡 사거리 군고구마 청년의 굳은 관절을 펴게 하고
영영 누워 있는 것들을 일으킬 수만 있다면
아직 더 많은 연습과 숙련이 필요할지라도, 너의 진정

이

마침내 차고 빠른 물살 속에 아직도 갇혀 있는

수중고혼(水中孤魂)들을 천상으로 인도할 수 있다면

3부

# 반복의 노래

  마치 건달기 많은 사업가들처럼 건들거리는 이 세계를 떠받치는 건 어디까지나 반복. 지상의 날들이란 슬프게도 지칠 줄 모르는 반복의 연속. 눈뜨면 밥하고, 세수하고, 설거지하는 가사(家事)처럼 대책 없이 낭비하고 소모되며 요동치는 반복의 박동. 혹은 흔들거리는 지축(地軸)을 겨우 지탱하는 무한 반복 속에서 우린 어느 특별할 것 없는 바닷가의 하루에도 어김없이 찾아드는 결혼식과 장례식, 복고와 유행, 사랑과 이별의 예식을 거르지 않고 있다. 여전히 깨끗이 걷히지 않은 하늘 아래 어떻게든 저마다 하나씩의 연락처를 남겨 둔 채, 손쉬운 예측과 결말의 대중가요처럼 항상 똑같은 모습으로 눈뜨고 잠들기를 되풀이하는 반복. 그러나 무심히 돌고 도는 끝과 시작 속에서도 더러 반복될 수 없어 지속하는 순간. 그래서 피할 새 없이 다가왔을 뜻밖의 의미와 결코 도달점 없는 가치들을 거듭 전리품처럼 얻거나 빼앗기기도 하는, 그러나 결국엔 질 수밖에 없는 그 어떤 거대한 싸움에 휘말려 있는 우리는.

# 식물들의 외로움

한사코 어미의 품에서 떼쓰는 아이들처럼 찰진 논바닥에 도열한 벼들. 낱낱이면서 하나인, 또 하나이면서 낱낱인 식물들의 일생을 좌우하는 건 결코 내부의 의지나 선택이 아니다.

홀연 태풍처럼 밀려왔다가 그 자취를 감추고 마는 낯선 동력. 누구에게나 단호하고 거침없는 죽음 같은 바깥의 힘.

필시 하나의 정점이자 나락인, 끝없는 나락이자 정점인 푸른 줄기마다 어김없이 같으면서도 같지 않을 외로움의 화인(火印)이 찍혀 있는,

여럿이면서 홀로인 벼 포기들이 끝내 제 운명의 목을 쳐 내는 낫날 같은 손길에 기대서야 겨우 고단한 직립의 천형을 벗어나고 있다.

# 연기 수업

우린 누가 가르쳐 주지 않아도 1인 다역을 잘도 소화해 내는 우성 유전자를 갖고 태어난 연극 배우.

그래서 우린 별다른 연기 수업 없이도 평민이거나 미치 광이, 거지나 사기꾼쯤이야. 일찍이 꿈꾸어 본 적 없는 왕 자나 공주, 부자이거나 독재자 역이 주어지더라도 척척 해내고야 말지. 아무렴, 따분하고 짜증 나는 진실보다 달 콤하고 재미있는 거짓을 더 좋아하는 무대에서 스스로를 속이거나 속아 주기도 하면서 점점 감정을 숨기거나 드러 내는 데 익숙하지.

그렇듯 우린 단 하루라도 타인의 주목을 받지 않으면 살 수 없어 남다른 분장과 과장된 몸짓을 일삼는 어릿광 대.

여전히 화려한 주인공을 꿈꾸지만, 점점 밀려나 이유 없이 슬프고 고독한 한 조연에도 크게 개의치 않는 우리 는, 필시 박수갈채의 해피엔딩보다 냉혹한 죽음의 시선과

꺼져 가는 비극의 조명뿐인 무대 위에서 우린 어제는 예수였다가 오늘은 유다로 변신하는 데 아무런 거리낌이 없지.

날마다 새로운 대본을 받고, 새로운 역할을 부여받지만 결국엔 틀림없이 하나의 배역, 하나의 무대였을 뿐인 생의 시간 속에서 상황극이나 막간극, 주연 배우나 단역 배우를 가리지 않는 우리 모두는, 정작 헌 옷 같은 배우의 가면을 벗어던지며 맨 얼굴을 보여 줄 때 가장 실감 난다는 것을 아는 연기자.

하지만 그걸 애써 모른 체하는 우린 소리 내어 울지만 눈은 웃고 있거나, 반대로 얼굴은 웃지만 눈에 눈물이 나는 어색한 표정을 관객들에게 자주 들키곤 하는 어설픈 거짓의 연기자.

슬프게도 죽어서야 겨우 암전(暗轉)되는 끝없는 연습의 연극 무대 배우이자 관객이자 연출가.

# 거미

난 무법자처럼 허공을 지배하는 암컷 무당거미.
일단 먹잇감이 걸려들면 재빨리 독을 주입하곤
달콤한 골수부터 빨아먹는 잔인한 살해자,
그러나 천적인 왕잠자리나 사마귀를 겁내며
세 겹의 황금 거미줄에 몸 숨긴 비굴한 사냥꾼.
그런 내가 덫을 엿보며 집요하게 노리는 건
그러나 살진 참매미의 육즙 따위가 아니다.
정작 나의 거처가 지상의 나뭇가지라는 걸
미처 알지 못하는 청맹과니들의 두 눈이다.
그러니까 나의 이빨은 힘없는 곤충 따위에 관심 없다.
한낱 날개를 믿고 까불거리는 자들의 자유,
결국 스스로를 기만하며 우쭐대는 날것들의 방심,
도대체 의심하거나 회의할 줄 모르는 상식,
보이지 않는 것들을 허구라고 치부하는 자들의 무지다.
제가 신앙만이 옳다고 떠드는 고집쟁이나
　도대체 바뀔 줄 모르는 고정관념이 내  일용할 양식이
다.
　난 견고하게 쳐 놓은 나의 장력(張力)을 뚫고

비상하려는 무모한 정신의 나태를 먹고 산다.

# 월드컵 축구

그 누구보다 빛나는 눈을 가진 자들이
그만큼 활발한 발로 공격하고
그 누구보다 튼튼한 발을 가진 자들이
그만큼 반짝이는 눈으로 수비한다
아니, 두 발은 잔디밭 바닥을 굳게 딛고
두 눈은 상대방을 탐색하고 밀어 제치며,
그러다가 골키퍼를 제치고 운 좋게 터진 골은
어느새 발과 눈이 하나 되는 순간의 선물,
아르헨티나 출신 메시에겐 발이 눈이다
독일 축구 선수 뮐러에겐 눈이 발이다
그러니까 축구는 발로만 하는 것이 아니다
그렇다고 눈으로만 할 수 없는 게 축구다
그 무엇보다 빠르고 날쌘 눈과 발이 없다면
승리의 영광은 그저 상대방의 차지다
드디어 눈이 발이고, 발이 눈이 되는
눈과 발의 숙련과 일치의 기적이 없다면
단 한 골도 얻을 수 없는 게 월드컵 축구다
하나같이 어느 것이 눈이고 발인지 모른 채

경주마처럼 그라운드를 뛰어다니지 않는다면

# 방어(魴魚)


오로지 태초의 정언명령에 따라
이 바다에서 저 바다로 떼 지어 이동할 뿐,
난 어느 바다에 소속된 것도 아니며
그 누구의 지시를 받는 것도 아니다


지느러미와 심장, 뼈와 살 모두 내준다고 해도,
모험이자 죽음의 길인 심해를 그저 묵묵히 오갈 뿐,


내게 이젠 국경이나 이념 따위는 없다


그러니까 날 유일하게 구속하는 거라면
필생의 의지로도 어찌할 수 없는 어둠의 힘,
부지불식간에 밀려오는 해류 같은 충동


제각기 불안하고 또 완전한 세계 속에서 난
때로 이기적이거나 냉정하다고 비난받을지라도
죽고 사는 일로 감사하거나
원망하는 일 따위는 없다

더군다나, 윤리 도덕을 운운하며 방정 떠는
인간들처럼 수시로 찾아드는 발정을
난 단 한 번도 부끄러워한 적이 없다

제 마음속에 물어, 정녕 그게 옳다면
난 이의 없이 제 심장의 요구에 묵묵히 따를 뿐,
처음부터 제 것이 아니었을 활력에 떠밀린 채
영원한 미지의 바다로 거침없이 헤엄쳐 갈 뿐

# 복면

무슨 꿈을 꾸는지 더 이상 묻지 않는 조국
오래 방치된 채 낡아 가는 희망의 복면을 꺼내 들자
하루아침에 배가 바다에 침몰하고
국가가 시민의 입들을 틀어막는 나라
꾸밈없는 유머와 재치, 익살과 해학이
구원처럼 한꺼번에 터져 나오도록
오래 표준어와 교양어의 문법에 갇힌
생짜의 욕설과 사투리가 마구 튀어나오도록
이제 홀로, 여럿이 복면을 하자
저조차 알아보지 못하는 화장 속에 감춰진,
점잔과 체면, 위선과 허위에 가려진
맨 얼굴과 맨 얼굴이 한꺼번에 드러나도록,
처음 만난 이들이 노골적으로 유혹하고
도발적인 매혹을 뽐내도 큰 흉이 되지 않는
축제의 날들을 위하여 복면을 하자
불온이 두려워 복면 금지법을 추진하는 나라
오랫동안 선량한 시민의 도덕 아래 잠든 괴물이,
제가 보기에도 무섭고 추악한 악의 본성이

온 거리로 뛰어나와 광인처럼 미쳐 날뛰도록,
단 한 번도 솔직하지 못한 심장이 꿈틀거리도록
복면을 하자, 전대미문의 무능에 빠진 자유와 평화가
오직 제 의지에 따라 결단하고 결의하는 날들이 오도
록,
여전히 손쉬운 전망과 단죄에 익숙한 변증법에 갇힌 채
허우적거리는 세계의 비극이 낱낱이 폭로되도록
복면을 하자, 너무도 뻔한 결말과 강요된 미래 아래
잠든 영원한 아이가 문득 기적처럼 깨어나도록

# 소낙비

소낙비는 틀림없는 하늘의 매

고집 센 아이처럼 버티고 선 전신주를 때리고
풀리지 않는 고민처럼 뒤얽힌 전선들을 때리고
무기력한 행복을 염탐하는 유리창을 사정없이 때린다

반성 없는 열정과 광기는 한낱 독(毒)일 뿐이라고
방향 없는 정신과 역사는 그저 낭비일 뿐이라고

일 년 내내 열린 적 없는 먼지 낀 방충망과
곧장 무너질 듯한 담벽을 기어오르는 수세미,
그리고 주의 산만한 아이처럼 까부는 버드나무가
자진하여 종아리를 걷거나 맨살로 대기하는 사이

이윽고 천둥 번개를 몰고 온 한낮의 여름비가

불투명한 전망을 노래하는 가수의 등짝을 내리치고
화석처럼 무감각해진 혁명의 심장을 가차 없이 내리친

다

결코 저항할 수 없는 것엔 저항해선 안 된다고
까짓것, 피할 수 없는 천형이야 훌훌 털고 일어서라고

# 충주역

한낱 스쳐 가는 풍경이라고 해도, 누군가엔 여전히 생생한 시간의 중심이었을 역사(驛舍). 그러나 이번이 처음이자 마지막 길일 것 같다는 불길한 예감이 먹구름처럼 몰려오던 그 여름날. 끝내 잠들지 못한 열망의 기적(汽笛)소리 하나 쉬 알아보기 힘든 비문(碑文)처럼 희미한 꿈의 침목 위로 덜컹거리며 다가오고 있다. 식사 중이라는 팻말을 내걸고 한참 동안 역무원이 돌아오지 않아도 누구도 항의하거나 시비 걸지 않는 충주역. 아무리 다가가도 서로 간엔 침범하지 못하는 구간이 있다는 듯 좀처럼 그 의미를 헤아릴 수 없는 '순현(順賢)' '천주(天柱)'라는 한자(漢字)의 문신을 양쪽 팔뚝에 새긴 뚱뚱한 청년이 비지땀을 흘리며 대합실로 들어서고 있다.

미처 시작되기 전에 이미 끝나 버린 시간의 파편들이 언젠가 판독되길 재촉하며 개찰구 주변을 여전히 불투명한 추측처럼 서성거리고 있는 사이. 그러나 다시는 탁본될 수 없는 금석문처럼 새삼 망각이 두렵지 않는, 잔가시많은 슬픔처럼 삼키기 힘든 새로운 순간의 기억 하나 금세 철길 옆 옥수수처럼 무럭무럭 자라나고 있다.

# 운명 교향곡

   종착역을 앞두고 돌연 낯선 간이역에서 내린다든가. 아님, 처음 버스 안에서 들은 노래 가사를 전부 외운다든가. 도대체 스스로조차 설득할 수 없는 사건들. 우리들 인생엔 틀림없이 뭔가 이상한 게 있다. 그게 불행이든, 행복이든 상관없이 때로 갑자기 느려지거나 빨라지는 시간의 소용돌이. 부인할수록 조국이나 가족들처럼 더욱 또랑또랑한 눈망울을 한 채 다가오는 미지의 힘. 가혹하게도 결코 원치 않는 싸움에 휘말리도록 등 떠미는 낯선 손길을 느낄 때가 있다.

   그래서 필사적으로 거부해 올 수밖에 없었던, 아무리 머릴 짜내도 이해할 수 없는 뜻밖의 운명들. 이를테면 최악의 경우, 누군가의 손아귀에 놀아나는 장난감은 아닌지. 혹은 최상의 경우, 자신도 알지 못하는 어떤 소명에 응답하고 있는 건 아닌지. 그러나 어쩌면 필생을 거쳐 진행되어 왔을지도 모를 사태에 그저 망연자실할 때가 있다.

# 개불알꽃

이제 늙으신 어머니만
홀로 지키는 고향 집 대문과
바람 찬 세상으로 나가는 길 사이

마른 개골창에 바짝 붙어 피어나던,

그러나
무려 오십 년이 넘도록
더 크고,
더 높고,
더 예쁜 것들만
헐레벌떡 뒤쫓아 다니다가

정작 눈길 한 번 주지 못한 채

가장 먼 길을 돌아오고서야
그것도 남의 입을 빌려서야
겨우 그 이름만 알아낸,

그러나 정작

나의 가장 가까이서

나의 귀향을 반겨 주던


개불알꽃

# 무제

언제부턴가 가속도 붙은
세월의 등짝이나 물끄러미 쳐다보는데
익숙해진 내가 여전히 좋아하는 건
결국 훈계이거나 계몽인 도덕률보다
천장의 파리똥처럼 주석과 각주만
날로 늘어가는 형이상학보다
제가 키운 토마토 주스에 꿀 한 숟갈을 넣는 거,
사정없이 쏘아대는 물 대포에 픽픽 쓰러진
가슴 맨 밑바닥의 자존심에도
돌고래처럼 꼬리지느러미를 툭툭 쳐 주는 일
고만고만한 꿈꾸기와 해몽의 나날 속에서
내가 이리 애타게 찾아 헤매는 건
어쩌면 숙취한 아침 머리맡에 놓여 있는
맹물 한 잔 같은 확실하고 단순한 진실,
아니, 내가 그토록 원하고 또 원하는 건
제발 오늘만은 해가 뜨지 않길 바라며
늦잠의 이불 속에서 꾸물대거나
내가 지금 여기 살아 있다는 사실만으로

하루 종일 봄날의 종달새처럼 떠들어대는 거.

# 심장의 노래

눈뜨면 공동 주택 쓰레기장에 쌓여 가는 음식물 찌꺼기나 폐지 같은 비천에도 꿍꿍대기보다 탈탈 털고 돌아설줄 아는 명랑, 결코 붙잡을 수 없는 것들을 쉽게 포기하고마는 활발, 그러나 때로 돼지 창자 속에 삼켜진 밥알 같은양심에 끝내 각서를 쓰지 않았다는 비전향 장기수 같은고집이 꿈틀거리고 있다.

행여 도둑 맞을까 봐 당산초등학교 앞 전봇대에 묶여있는 리어카처럼 묶여 있는 옹색한 나날 속에서도 한 차례 캐낸 밭고랑에서 우연히 발견한 우수리 붉은 고구마처럼 기죽지 않는 내 사랑의 심장 속엔, 예의와 세련이 서가의 책들처럼 가지런히 꽂혀 가는 동안에도 그 잘난 한 성년의 머리론 측량할 수 없는 푸른 호수가, 여전히 그 깊이를 드러내지 않은 채 날 이끄는 침묵의 노래가

그러나 단 한 번도 그친 적 없는 슬픔과 분노로 쓸쓸한내 심장 속엔, 고개 숙인 채 오줌 누거나 쭈그린 채 똥을싸야 하는 단골집 천장 낮은 수세식 화장실 같은 지리멸

렬 속에서도 미래의 전망보다 순간의 자유를 즐길 줄 아는 현세주의자, 행동이 최선의 말이자 사랑의 전부라고 믿는 혁명주의자, 그러나 승리의 달콤함보다 패배의 쓰라림에 더 익숙한 모험가, 한낱 비웃음거리일 뿐일 불가능성을 꿈꾸는 어린아이가 사이좋게 살아 있다.

어느덧 얼굴 표정 하나 바뀌지 않은 모리배 같은 달변의 혓바닥 속에서도 결코 거짓을 모르는 내 허술한 심장속엔, 제아무리 불리해도 물러설 줄 모르는 불퇴전의 전사처럼 오로지 당신의 눈만을 바라보며 쿵쾅거리는 맥박, 오늘 당장 세계가 무너지더라도 늘 메마르지 않은 채 흘러넘치는 눈물샘이.

4부

# 야외 수업

오늘 수업은 나무와 권력 사이 유사성 찾기

서둘지는 마. 일주일 전 내가
열 알씩 주워 오라고 했던 밤톨들
가져 오구. 구워 나눠 먹고 시작할게

한참 동안 신나 하던 상상력도, 자유 연상도
어느덧 검은 바다로 끌려 들어가고 마는 나라

그동안 밭주인 없는 텃밭의 벌레 먹은 배추와
고구마 캐낸 고랑에 남겨진 신발 한 켤레,
그리고 은빛 알루미늄 의자와 둔덕 너머
뾰족이 고개 내민 기숙사와의 차이점과
그 연관성에 대해 한 번 생각해 보렴

시는 말야. 이처럼 영원히 같아질 수 없는 사물과
사물 사이를 연결시키려는 필사적인 의지 아니겠니?

어렵다구? 그럴 땐
너희들 발밑에 굴러다니는 상수리 열매나
상수리 껍질들의 홀가분한 표정을 들여다봐

또 전폭기가 수업 방해하며 지나가네

태풍 끝난 푸른 가을 하늘 좀 올려다봐

얘들아, 오늘은 여기까지야. 다음 수업 땐
고양이와 낙엽에 관한 시 한 편씩 제출하기

# 영동시편
―최하림 시인에게


　지금껏 난 당신이 화분에 담긴 섬나리 꽃처럼 태생지 안좌도에서 목포로, 목포에서 서울로, 서울에서 광주로 이동해 살다가 왜 생면부지의 영동으로 이동해 갔는지 그 전후 사정을 잘 모릅니다.

　그러던 어느 해 당신을 방문했을 때일 겁니다. 해 저물어 당신 집을 나서려는 일행과 떨어져 내게 한사코 하룻밤 자고 가기를 권했지요.

　그리고 일찍 잠자리에 들었던 그 밤, 난 당신이 가장 멀리 떠남으로써 가장 가까이 고향에 가고자 한다는 것을 눈치챘습니다. 그러니까 당신에게 영동은 필시 가장 가까운 곳이자 또한 가장 먼 곳인 고향을 필사적으로 불러들이는 거점 같은 곳이었겠지요.

　당신이 떠나간 지 오래인 함석지붕의 빈집 부엌에선 여전히 그릇들이 달가닥거립니다. 때마침 우기를 맞은 호탄리 계곡에서도 갑작스레 불어난 물이 호호탕탕 흘러가고 있구요. 아 참, 그때 동네 아낙의 등에 업혀 있던 아이는 부쩍 큰 가슴에 부끄럼 많은 소녀가 되어 있답니다. 행여 당신도 그 풍경들을 유리창 밖으로 지켜보고 있는 건 아닌지요?

그러나 당신이 보고 걸었던 생전의 마을과 강변과 덕유산은 실상 그 어느 곳에도 실재하지 않았던 곳일지도 모릅니다. 그때 보리밭을 까맣게 뒤덮던 까마귀들도, 논바닥의 지푸라기들을 물고 겨울 하늘로 솟구쳐 오르던 회오리바람조차도 이미 부재하는 것들이었을 테니까요.

당신이 두고 온 고향의 섬처럼 혼자였던 그날, 난 광주 매곡동 공간아파트에서 처음 만나 당돌하게도 역사가 무엇이냐고 물었지요.

그러나 그때 당신이 들려준 말씀은 더 이상 생각나지 않습니다. 다만 당신의 잔잔한 미소와 부드러운 음색만 어제처럼 떠오릅니다. 영하 사십 도의 결빙으로 빛나는 당신의 문장들만 눈앞에 맴돌고 있습니다. 화강암처럼 모든 침입을 거부하는 단단한 고독의 입자들이 마침내 보이지 않은 파동이 되어 생전의 나무들을 흔들고, 당신이 잠긴 깊은 물속으로 흘러 들어가 당신의 죽음을 마구 흔들어 깨우고 있습니다.

# Untitled

　환기 화백의 그림들엔 유난히 'Untitled'. 그러니까 '무제'라고 번역해도 무방한 작품 명이 많다. 도대체 패배를 모르는 군주처럼 자신만만한 의미로 질식할 것 같은 세상에서 어서 탈출하라는 듯, 그의 추상 미술이라는 가면 속엔 고향 앞바다 안좌도의 출렁이는 물결과 햇빛들, 낯선 뉴욕의 밤하늘에 반짝이던 별들이 숨어 있다. 가까이서 보면 뿔뿔이 흩어져 있는 색점들이, 멀리서 보면 거대한 소용돌이를 일으키는 색면들이, 그러나 어떤 선입견도 허락하지 않겠다는 듯, 처음부터 이름 짓기를 거부하는 바람과 구름, 이름 지을 수 없는 희망과 절망 들을 희고 둥근 배의 백자 항아리처럼 품고 있다.

　예술은 수학처럼 하나의 정답이 아니라 오히려 유일한 정답이 없다는 걸 확인해 가는 과정이 아니냐 되묻고 있는 그의 '탄생 100주년 기념전' 전시장. 제목 없음이 또 다른 제목이 될 수 있다는 걸 보여 주며 한사코 명명을 거부하는 '제목 아닌 제목들'을 미처 지우지 못한 혹처럼 단채.

*수화 김환기(1913-1974) 화백은 한국 추상 미술의 선구자로 추앙되고 있으며, 2013년에 자신의 이름을 딴 '환기 미술관'에서 '탄생 100주년 기념전'이 열린 바 있다. 대표작으로 〈어디서 무엇이 되어 다시 만나랴〉가 있다.

# 태백산 시론(詩論)

1.

겨우 한두 번 들어 본 적 있거나 아예 그 이름조차 몰랐던 개별꽃, 당단풍나무, 얼레지, 호랑버들, 귀룽나무, 큰 괭이밥, 노루귀, 물푸레나무, 피나물, 고로쇠, 괭이밥, 산뽕나무, 태백제비꽃, 족두리풀, 박쥐나물, 투구꽃, 홀아비바람꽃, 까치박달, 당마가목, 층층나무, 연령초, 시닥나무, 지렁쿠나무, 사스레피나무 들이 가까이 다가선다.

2.

천제단으로 올라가는 길가 미처 이름을 얻지 못한 꽃과 나무들이 장군봉 위의 흰 구름처럼 연이어 피고 진다.

3.

욕심 사나운 관광객이 던진 동전들이 쌓여 있는 검룡소의 차고 깊은 밑바닥, 섣부른 추측이나 이해들을 연이어 좌절시키는 불투명한 어둠의 근원에서 쉴 새 없이 솟아나는 물줄기들이 한강으로 흘러 들어간다.

4.

누군가 간절히 호명할 때만 이미 일어났으나 아직 일어나지 않은 위엄을 보여 주다가 이미 죽었으나 아직 태어나지 않은 연봉(連峯)으로 그만 어딘가로 숨어들고 마는 의미의 메아리들.


5.

태백산은 여전히 아무 말도 하지 않은 채 그 이름들이 감추고 있는 비밀들을 비밀로 말할 수 있는 유일한 신전이다.

# 대명매(大明梅)*

어느 해엔 벌써 꽃이 피어 있었습니다
또 어느 해엔 이미 저 버리고 없거나
또 그 어느 해엔 채 피어나지 않아
그만 터벅터벅 발길을 돌려야 했습니다

그러던 어느 해 이른 봄날이었던가요

자꾸 아래로만 휘어져 가는 가지들을 떠받치며
매화꽃 몇 송이 환하게 피어나고 있었습니다
틈만 나면 내 새끼들, 내 새끼들 혼잣말하던
고향집의 어머니처럼 늙고 허리 굽은 둥치가
제 한 몸 끌고 가기에도 힘에 부치던 젊은 날
일찍이 고독해진 자의 적막 같은 꽃망울을
하나둘씩 터트리고 있었습니다

아무렴, 문득 반세기가 지나 버린 그날이었습니다
아무리 찾아보아도 볼 수 없었던 기억의 불꽃들이
방금 지나간 고양이처럼 나타났다가 사라져 갔습니다

그새 들어도 들리지 않던 침묵의 함성들이
때마침 내리는 봄눈처럼 이내 희미해져 갔습니다


그러나 누군가에겐 틀림없이 아주 특별했을 하루가
어느새 무궁(無窮)의 천지간으로 마냥 흘러가고 있었습
니다

* 전남대 대강당 앞에 심어진 수령 사백여 년의 매화나무 이름

# 일지암 가는 길

-가수 박양희 후배에게

　굳이 묻지 않아도 짐작되었다고나 할까요. 전 그녀에게 그간 어떻게 살아왔느냐고 차마 묻지 못했습니다. 다만 어느 봄날 들려준 그녀의 자작곡들 속엔 모두가 버리고 떠난 지난 시간의 손목시계가 째깍거리고 있었습니다. 끊어질 듯 이어지는 그녀의 악보들마다 누군가를 질책하기 앞서 먼저 자책하는 자의 눈물방울들이 글썽했습니다.

　그러나 누군가 그녀를 부를라치면 뙤약볕 아래 웃자란 풀을 뽑거나 콩 타작하다가도 달려간다는 그녀의 노래는 기도이고, 기도가 곧 노래였습니다. 때 놓친 머윗대를 뜯거나 잠시 마루 벽에 쪼그려 앉아 쉬다가도, 풍랑 치는 바다든 여름 소낙비 쏟아지는 벌판이든 가리지 않고 뛰어간다는 그녀의 노래는 스스로를 향한 수행이고, 수행이 곧 노래였습니다.

　한 마리 새가 깃드는 데 나뭇가지 하나면 충분하다고 수줍게 일러 주며 가만 숨어 있는 해남 두륜산 일지암(一枝庵) 아래채의 방 한 칸. 아주 먼 길을 돌아왔을 그녀가

지금 마치 한 마리 굴뚝새처럼 거기에 머물며 그새 앞뜰
의 어린 찻잎처럼 돋아난 노래의 음절들을 가다듬고 있었
습니다

# 몽탄역*

역사는 승자의 기록이라지만

패배도 역사다

막무가내 달려오는 기차 같은 역사가 아니라

그 기차가 지나간 뒤의 텅 빈 철로 같은 역사가

어두운 강변 갈대밭 속 매복군처럼 스며드는 몽탄역

오로지 패배할 수밖에 없어

패배를 기억할 수밖에 없는 자들이

그 어디 호소할 길 없는 저들만의 슬픔을,

오직 제 몫으로 남은 역사를 노래 부른다

패배함으로써 이기는 것이 아니라**

결국 예정된 패배를 위한 패배가

끊일 듯 꿈의 여울을 타고 또 하나의 신화로 희미하게

깜박이는 간이역

행여 미리 패배를 예감하거나

틀림없이 패배할 줄 알면서도

넉넉히 그 패배와 맞서 온 패자의 후손들이,

단 한 번도 역전하지 못한 역사,

그러나 애초부터 최후 승자가 없었을

패자의 역사를 소리 내어 불러내고 있다

* 전남 무안군 소재의 '몽탄역'이라는 이름에는 고려 태조 왕건에 의해 패한 견훤의 신화가 반영되어 있다.
** '지는 자가 이기는 게임(Qui perd gagne)'이라는 사르트르의 말을 변용.

# 역사 앞에서

승리자는 결코 영원한 승리자가 아니고
패배자는 결코 영원한 패배자가 아니지

그래서 역사는
승자도, 패자도 공평하게 기억하지

# 폭풍이 오기 전

간절히 원하거나 부른다고 해서
냉혹한 신처럼 거기에 응해 본 적이 없는,
쉽사리 다가오지 않는 것들이
문득 폭우로 쏟아내기 오 분 전
먹이 사냥을 포기한 작은 개미들이
보도블록 지나 대운동장 잔디밭으로 이동하고
노란 머리의 외국인들이 광장에 모여
가죽 성경을 팔에 낀 채 죄인처럼 묵도하고
마음 약한 악령들이 술렁거리고 있다
아무래도 붙잡아 두기 어려운 것들이
아직까지 서로 무관한 듯 서 있는 오후 세 시
앰뷸런스가 다급히 6차선 도로를 질주해 가고
어디선가 날아온 찢긴 신문지가
흐린 하늘을 겁내지 않는 매처럼 치솟고
선택과 결단의 순간들이 종말론처럼 일어나고,
창조이며 파괴인 폭풍의 임박을 알리며
천둥 번개가 연이어 몰려오고 있다
여전히 보이지 않은 힘의 중심을 압박하며

한 차례의 회오리바람이 지나갈 무렵,
석탑처럼 단단한 것들이 더욱 단단해지고
자신의 연약함을 증명이라도 하듯
버드나무가 더욱 심하게 흔들리기 직전

# 거문도 등대

저 밤바다를 지켜 선 불빛은
고독의 탐색,
고독의 묵시,
고독의 탐욕,
여수 서남쪽 멀리 거문도항엔
단 한 차례도 제가 원하는
수심에 이르지 못한 등댓불이
잠시 파도 그친 내해(內海) 깊숙이
제 긴 헛바닥을 해초처럼 던져 두고
지켜 낼 힘이 없다면 꿈꾸지 않았을
누구도 대신할 수 없는 고독의 탐침,
결코 흔들리지 않을 고독의 흘수선,
맑고 선한 고독의 심지를
밤새 키워 가고 있다.

# 벌거벗은 것들이 너를 부를 때

노지영(문학평론가)

## 1. 벌거숭이와 네거리의 풍경으로

자신의 '벌거벗음'을 느끼는 최초의 순간, 인간은 '인간'으로서 비로소 직립하여 길 위에 서게 된다. 구약의 창세기 신화에서 묘사된, 인간이 부끄러움을 느끼던 최초의 순간을 떠올려 보자. "벌거벗었으나 부끄러워하지 아니하"던 아담과 하와가 "자신의 벌거벗음"을 인지하던 최초의 순간, 부끄러움은 찾아온다. 신과의 합일 속에서 여타의 창조물과 큰 차이 없이 에덴을 누릴 수 있었던 인간은 이제 객관의 눈으로 자신의 벌거벗은 몸을 최초로 응시하게 된다. 즉 외적으로 강제된 신의 규범을 거부하고 과육의 감각을 통해 "눈이 밝아져" 자신을 바라보게 되는 순간, 신과의 상상적 관계 속에서 그동안 미처 바라보지 못했던 자신의 '벌거벗은' 실재와 자신을 둘러싼 세계 본연의 조건을 대면하는 계기가 찾아오는 것이다.

임동확 시인에게 그런 벌거벗음을 지각하게 하는 강렬한 '현실적 계기(actual occasion)'란 두말할 것 없이 1980년 오월의 광주라는 시공간일 것이다. 무리의 습속 안에서 큰 문제 없이 살고 있던 한 존재는 어느 순간 '오월의 광주'라 는 현실적 계기를 만나 자신의 '벌거벗음'을 자각하게 된다. 시인은 첫 시집 『매장시편』의 「자서」에서 고백한다. "세상은 물론 자신마저 감당하지 못한 상태에서의 출발이 스스로를 종로 네거리쯤 선 벌거숭이로 만든 것임에는 틀림없"다고. 그리하여 같은 글에서 그는 "그날 이후 모두에게 형벌처럼 각인된 '살아 있음의 죄의식'이 온통 나의 시와 삶도 지배해 온 것이 아닌가"라고 묻고 있는 것이다.

벌거벗어 수치스러운 자신과, 함께 벌거벗은 존재들을 온전히 직시하지 못하게 했던 풍경들의 실상을 동시에 바라보게 하며, 오월의 광주는 시인에게 세계 본연의 모습을 개시해 준다. 눈이 있으나 온전히 바라보지 못했던 시대의 청맹과니들에게 그렇게 눈이 밝아지는 순간이 있다. 더 정확히 말해, 길눈이 밝아지는 순간이다.

이 벌거벗은 시인의 몸은 "그날 이후", 비로소 "네거리"에 서게 된다. 오월이라는 직접적 경험 속에서 감각한 벌거 벗음의 사건은 단절된 하나의 사태로 그치는 것이 아니라 그가 관계된 세계의 길을 열어 주는 것이다. "그날"의 시간은 "네거리의 길"을 통해 마치 화이트헤드가 말한바 '연장된 연속체(extensive continuum)'로서의 심리적 공간으로 확장되는 듯하다. 인간으로서 서게 되고, 또 걸어가야 할 네거리의 길들에서 시인은 벌거벗은 풍경을 만나며, '그날'과 상호 연관되는 처참한 풍경들을 시로 기록하게 된다.

　시인에게 오월의 광주란 공간은 '지금 여기'를 감각하게 하는 물리적인 직접성을 가진 장소이면서 현재의 시인을 강하게 점유하는 '입각점(standpoint)'이다. 동시에 시인에게 유의미한 생의 단서들을 결합하면서 무한한 시적 계기들을 불러 모으는 장소이기도 하다. 그의 첫 시집에서부터 여덟 번째로 이어지는 시집 속에서 그러한 '오월'의 길은 다양한 형식의 시로 변주되면서 시적인 것들의 대로(大路)를 개시해 왔다. 특히 아홉 번째로 출간되는 이번 시집에서는 오월의 광주라는 풍경이 "발생적 동일성(generic identity)"을 가진 사월 바다의 풍경과 '합생(合生, concrescence)'하면서, 어떻게 광장의 풍경과 사랑의 길을 생성시켜 나갈 것인지가 예시되기에 더욱 인상적이다.

　오월의 광주에서 '매장'된 벌거벗은 몸들은 사월의 바다에 '수장'된 벌거벗은 몸들을 연상시키며, 벌거벗은 풍경들의 연속체가 어떻게 죽음을 거쳐 생의 진실을 의미화할 수 있는지 다시 적극적으로 묻고 있다. 시인은 벌거벗은 맨몸들을 직시할 수 없는 어두운 시대에 시를 쓰기 시작했지만, 허위의 언어를 이겨 내고 무위의 맨몸들을 찾아나가는 긴 여정을 시작했다. 이는 오월의 광주를 거쳐 사월의 바다로, 벌거벗은 것들의 광장을 거쳐 '너'의 맨 얼굴로 향하는 사랑의 길을 밝혀 나가는 과정이다. 길눈을 밝히는 길이다.

## 2. 눈먼 자들의 풍경에서 벌거벗은 몸들의 풍경으로

평생토록 그는 길에 있었다. 첫 시집에서부터 길의 시인이었고, 아홉 번째 시집을 묶는 지금도 여전히 그러하다. 오월의 대환란을 묵시록적으로 기록하여 동시대인들에게 커다란 충격과 함께 부채 의식을 불러일으켰던 그의 첫 시집을 다시 펼쳐 보자. 그가 첫 시집의 시작메모(첫 페이지)에서부터 밝히고 있듯이, "매장시편은 고대 이집트 피라밋에 적힌/망자들을 위한 저승길의 안내/또는 그들이 살아온 행적을 기록한 글을 말한다". 그러나 시인의 연이은 고백대로 그러한 죽음의 풍경, '저승길'에서의 풍경은 "오히려 현재 살아 있는 이 땅의 사람들"에게 '삶의 길'로 향하는 방향을 고민하게 했다. 망자들의 벌거벗은 몸을 가리고 있는 삶의 조건들을 직시하고, 망자들의 풍경을 기억의 역사 속에서 존속시키는 형태로 말이다.

오월의 광주에서 망자들은 시인에게 어떻게 다가왔을까. 아마도 어떠한 관념적인 구호보다 강렬하게 살아남은 자를 사로잡았던 것은 망자들의 벌거벗은 몸 자체였으리라.

풀려 버린 동공과 파이고 뭉개진 맨 얼굴, 총이 뚫고 간 몸의 구멍, 신체의 벌어진 상처에서 쏟아지는 환원할 수 없는 '무(無)'와 '공(空)'의 실재가 살아 있는 자들을 '거기'의 장소로 불러내는 것이다. 자신의 몸을 닮았으나 갓 삶의 타자로 건너가 버린, 그리하여 정치적 배제는 물론 생명에서마저 배제되어 버린 망자의 벌거벗은 몸을 곁에 두고, 우리는 자기의 생존 본능만을 주장하며 살 수 없게 된다. 그리하여 자신 또한 어느 순간 무방비로 그렇게 벌거벗겨질 수 있는 물리적인 몸이라는 것을 실존적 현실태 속에서 인식하고 그러한 관계 지각 속에서 '나의 몸'이 아닌 '공동의 몸'을 보전하는 길을 선택하는 것이다. 이는 도덕적 질서나 규범적 관념을 앞세우며 결정된 것이 아니다. 벌거벗은 몸의 직접성이 시인을 네거리로 불러내었기에, 시인은 내적 성찰로서의 부끄러움과 수치심 속에서 함께 벌거벗는 몸이 되기로 결단한 것이다.

그러한 벌거벗은 것들의 풍경은 오월의 네거리를 거쳐 사월의 바다에까지 연속되어 있다. 이번 시집 『누군가 간절히 나를 부를 때』에서도 시인을 간절히 부르는 것은 바로 벌거벗은 채 수장당한 이들의 맨몸이다. 그것은 "결코 피할 수 없는 큰 눈"의 "깜박"거림으로 '간절히' 나를 부른다. 그 부름은 어떤 도덕적 정언명령으로 다가오는 것이 아니라 오월의 기억들을 인출하는 '풀려 버린 동공'의 물성으로 다가오는 것이다. 오월에서처럼, 사월에서도 "어느 한곳 하나

성한 데 없"이 "익사"한 이들의 "아무것도 빠져나가지 못한 무한의 해저(海底) 같은 시간의 동공"(「너의 눈동자」)이 재난의 실재를 개시하는 입구가 되고 있는 것이다.

> 검고 힘센 수심의 아가리가
> 입 벌리고 있을 뿐인 사월 바다엔
> 나는 없다, 나를 찾을 길 없다
> 힘없는 시간의 난간마다 펄럭이는
> 빛바랜 노란 리본들만 펄럭일 뿐
> 난 아무것도 보지 못한다, 오히려
> 결코 피할 수 없는 큰 눈이 깜박일 뿐이다
> 이제 세상의 눈길이란 눈길을
> 하나의 망막으로 결집하는,
> 더 이상 그 어떤 예언도, 기도도
> 가닿지 못하는 시선의 사월 바다엔
>
> – 「사월의 바다」 전문

시인 스스로가 "4·16 대재난"(「진혼가 – 4.16 대재난에 부처」)이라 이름한 '세월호 사건'은 5·18의 경험처럼 "세상의 눈길이란 눈길을/하나의 망막으로 결집"시키며 살아 있는 자들을 헤어 나올 수 없는 '거기'의 실재적 장소로 빨아들인 사건이다. 익사한 이의 "동공"과 같은 신체의 한 물성은 실상을 비추며 우리를 둘러싼 세계의 조건들에 다시 직면하게 했다.

반면 공포의 "검고 힘센 수심의 아가리가/입 벌리"며 세상이 한층 어두워질 때, 우리는 인간 언어의 한계를 절감할 수 있었다. "더 이상 그 어떤 예언도, 기도도/가닿지 못"한 채 미끄러지기를 반복했던 것이다. 그리하여 블랙홀같이 거대한 "아가리"의 빨아들임 속에서 한없이 속수무책이었던 인간 언어의 무능을 발견할 뿐이었다. 선체는 천천히 가라앉았으므로, 그 사태를 설명하려는 언론 매체들의 오보와 오두방정이 실재의 고통과 얼마나 거리가 있는지를 우리는 더욱 차분히 자각할 수 있었다. 진실에의 요청을 방해하며, 우리가 그토록 신뢰하던 언론 보도의 객관 언어마저 304명의 학살에 가담했던 것이다.

그리하여 시인은 "끝내 부끄럼과 수치를 모르는 맹목의 어둠이 그 아가리를 벌린 채 밀려"(「눈먼 가수의 노래」)와 우리를 삼킬수록, 우리에게 친숙하게 부여된 감각들을 철저히 의심하며 그 길을 걸어가야 한다고 주장한다. 우리는 길에서 풍경을 만나지만, 끊임없이 풍경을 오인하며 살아가기 때문이다. 우리를 둘러싼 환경 속에는 "혁명을 모독해 가면서 피둥피둥 살쪄 가는 감성의 노래들"(「눈먼 가수의 노래」)이 난무하며, 보고 있으나 온전히 보지 못하도록 인간의 눈을 현혹시키고 눈멀게 하는 것들이 가득하다. 실상 우리가 직접 목격한 것들조차 믿을 수 없다. 목격한 것들이 분명한 사실에 근거한 것이라 확신하기 쉽지만, 인간의 시각이란 자체가 본질적으로 불완전한 것이 아니던가. 환상의 이미지나 분열적 거울상 속에서 실재는 끊임없이 왜곡되기 때문이다.

인간은 시각을 통해 포착한 현실에 절대적 진실성을 부여하고, 하나의 개념 언어 안에 의미를 고정시키고자 한다. 그러나 그 안에서 존재의 개별적 특이성은 종종 무시되고, 어떤 사태를 다른 면에서 접근하며 깊이 있게 접근할 권리를 강제로 박탈당하기도 한다. 그리하여 시인은 외부의 풍경들을 세세히 바라보면서도, 자신의 시각에 갇혀 "무모한 정신의 나태"에 빠지는 것을 철저히 경계한다. 자아도취나 착각 속에서 이러한 인간의 시각은 때로 "바뀔 줄 모르는 고정관념"으로 세계를 경화시키고, "회의할 줄 모르는 상식"이나 "신앙"(「거미」)으로 눈멀어 현실을 고착시키기 때문이다.

이 시집은 연속되는 재난의 어두운 풍경과 눈멀기 쉬운 언어적 환경을 이겨 내며 어떻게 시가 벌거벗은 진실로 향할 수 있는지를 지속적으로 묻고 있다. 이 시집에서 온전히 보지 못하는 것, 눈먼 것들의 이미지들은 어렵지 않게 찾아볼 수 있다. 서시에서부터 "한낱 눈먼 탐사객"들이 등장하는데, 이들은 언어의 파편적 운석들을 사냥하면서도 "흠 없는 최초의 원형"에 관심 두지 않기에, 여행길의 주인이 아닌 '객'으로서만 떠도는 자들이다. "굳게 봉인된 시간의 비밀을 물고" 온 "운석"을 보면서도 "일확천금"(「운석」)의 실용

적 가치만을 추구하며 운석 이전의 '천체'에 관심 두지 않는 인간은, 겉으로 보기에는 눈이 멀쩡하나 앞을 보지 못하는 "청맹과니"(『거미』)와도 같다. 그리하여 시인은 그러한 인간 언어의 협소한 시계(視界)를 넘어서서 어떻게 맨몸의 구체적 시계(詩界)를 열어 갈 수 있겠는지를 고민하면서, 눈먼 자들의 풍경을 장악하고 있는 그 모든 '이름'과 싸워 나가기 시작한다.


## 3. 제목 없음, 복면 있음의 풍경으로

인간은 명명을 통해 소통하지만, 그 명명의 추상성을 통해 삶의 구체성을 상실한다. 인간의 시각으로 포착되고 고정된 하나의 이름은, 그 실재적 현상의 고유한 가치들을 가려 버리기 때문이다. 삶과 존재의 충만성이 하나의 이름으로 환원되어 존재의 특수한 세부를 살해하는 것을 경계하면서 시인은 이름보다는 이름 너머의 풍경들에 관심을 갖는다. 사물을 표상화하는 이름과 대상을 추상화하는 제목들은 숨어 있는 "고향 앞바다 안좌도의 출렁이는 물결과 햇빛들, 낯선 뉴욕의 밤하늘에 반짝이던 별들"의 실재를 완벽히 대리할 수 없기에, 시인은 아래의 시에서처럼 "제목"에 속박된 것들을 풀어 쓰며, "무제"의 언어로 "번역"하려 애쓰고 있다,

환기 화백의 그림들엔 유난히 'Untitled', 그러니까 '무제'
라고 번역해도 무방한 작품 명이 많다. 도대체 패배를 모르
는 군주처럼 자신만만한 의미로 질식할 것 같은 세상에서 어
서 탈출하라는 듯, 그의 추상미술이라는 가면 속엔 고향 앞
바다 안좌도의 출렁이는 물결과 햇빛들, 낯선 뉴욕의 밤하늘
에 반짝이던 별들이 숨어 있다. 가까이서 보면 뿔뿔이 흩어
져 있는 색점들이, 멀리서 보면 거대한 소용돌이를 일으키는
색면들이, 그러나 어떤 선입견도 허락하지 않겠다는 듯, 처
음부터 이름 짓기를 거부하는 바람과 구름, 이름 지을 수 없
는 희망과 절망 들을 희고 둥근 배의 백자 항아리처럼 품고
있다.

– 「Untitled」 부분

시인은 "훈계이거나 계몽인 도덕률", "형이상학"(「무제」)
으로 대치될 수 없는 풍경들의 연속체를 특정한 "제목" 없
이 감각하고자 한다. 부동의 이름으로 환원될 수 없는, "색
점"과 "색면"들을 가진 "거대한 소용돌이"와 같은 실재적
풍경들을 만나기 위해서다. 그러나 그러한 풍경들은 보통
하나의 이름으로 고정된 표상 속에 숨어 있기에 이를 자세
히 바라보지 않는 이에게는 쉽사리 자신의 맨 얼굴을 드러
내어 주지 않는다. 모든 풍경은 추상화된 제목의 '가면' 뒤
에 가려져 있기에 '색면'의 맨 얼굴을 만나기란 더욱 쉽지

않으리라.

그의 시에서는 생의 실재와 맨 얼굴을 가리는 가면의 이미지가 자주 등장한다. 가상의 허구에서 경험적 직접성을 상실한 채 대리 체험되거나, "남다른 분장과 과장된 몸짓"으로 위장하면서 자기기만을 통해 생의 진실을 가리는 "가면"으로서의 "연기 수업"(『연기 수업』)은 생의 진실을 현혹하며 언제나 현재진행 중이다.

그럼에도 우리는 실재에 가면을 덧입혀 언어를 표상화하고, 그 언어가 호명하는 억압적 질서에 따라 복종하며 대답하는 존재다. 그리하여 그 언어가 구성한 우리의 삶도 가면 투성이가 될 수밖에 없다. 모든 인간은 자연인으로서 벌거벗은 얼굴로 세상을 대면하지 못한다. 인간은 자신이 소속된 사회적 관계 속에서 공적 전체성이 승인한 이미지의 가면을 쓰고 만나는 것이다. 포장된 가면의 언어로 매개된 채 말이다.

다음 시에서처럼 인간이란 인위적인 인격을 가진 사회적 가면 속에서 "표준어와 교양어의 문법에 갇"힌 채 억압을 내면화한다. "저조차 알아보지 못하는 화장"으로 인해 "맨 얼굴"이 감춰짐을 알면서도 세계에 적응하고 자신들을 방어하기 위해 인간은 개인의 실존적 자연성을 가린 가면을 선택하며 살아간다. 자신의 이해관계에 따른 방어기제가 그대로 가면이 됨으로써 인간은 그 스스로가 속한 사회집단 속에서 안전하게 정주할 수 있기 때문이다. 이처럼 인간이 사회 속에서 쓰는 가면이란 이데올로기적 국가 장치가 적절히 호명할 수 있도록 개인이 선택한 편의의 기능이자, 세계 속에서 자신을 실용화하고 동일화하는 수단이라고 할 수 있다. 이러한 전체성을 벗어나지 못한 채 자신을 연기하는 사회집단 속에서 인간은 점차 자기표현을 억압하면서 몰개성화된다. 이는 인간 스스로를 사회집단성 속에 동일화하는 과정이므로, 또한 개인의 정치적 목소리의 죽음으로 이어지기도 한다.

> 무슨 꿈을 꾸는지 더 이상 묻지 않는 조국
> 오래 방치된 채 낡아 가는 희망의 복면을 꺼내 들자
> 하루아침에 배가 바다에 침몰하고
> 국가가 시민의 입들을 틀어막는 나라
> 꾸밈없는 유머와 재치, 익살과 해학이
> 구원처럼 한꺼번에 터져 나오도록
> 오래 표준어와 교양어의 문법에 갇힌
> 생짜의 욕설과 사투리가 마구 튀어나오도록
> 이제 홀로, 여럿이 복면을 하자
> 저조차 알아보지 못하는 화장 속에 감춰진,
> 점잔과 체면, 위선과 허위에 가려진
> 맨 얼굴과 맨 얼굴이 한꺼번에 드러나도록,
> 처음 만난 이들이 노골적으로 유혹하고
> 도발적인 매혹을 뽐내도 큰 흉이 되지 않는

축제의 날들을 위하여 복면을 하자

불온이 두려워 복면 금지법을 추진하는 나라

오랫동안 선량한 시민의 도덕 아래 잠든 괴물이,

제가 보기에도 무섭고 추악한 악의 본성이

온 거리로 뛰어나와 광인처럼 미쳐 날뛰도록,

단 한 번도 솔직하지 못한 심장이 꿈틀거리도록

복면을 하자, 전대미문의 무능에 빠진 자유와 평화가

오직 제 의지에 따라 결단하고 결의하는 날들이 오도록,

여전히 손쉬운 전망과 단죄에 익숙한 변증법에 갇힌 채

허우적거리는 세계의 비극이 낱낱이 폭로되도록

복면을 하자, 너무도 뻔한 결말과 강요된 미래 아래

잠든 영원한 아이가 문득 기적처럼 깨어나도록

– 「복면」 전문

　그리하여 시인은 이러한 사회적 "가면(假面)"에서 벗어
나 자연인의 "복면(覆面)"을 쓰자고 노래한다. 흡사 김수영
이 4·19 무렵에 쓴 시와 같은 열락(悅樂)의 리듬을 빌려 가
면서까지, 그는 광장에서의 복면을 통해 인간 본성의 해방
에 대해 환상적인 어조로 이야기한다. 강요된 정체성과 억
압의 전체성을 거부하는 불온의 복면을 통해 기존의 사회
적 가면극에 균열을 내자는 것이다. 안온의 가면을 벗고 불
온의 복면을 착용하는 것은 마치 중세의 민중 카니발에서
처럼 지배 집단의 길들이려는 시선을 해학적으로 교란하는

방식으로 나타난다. 공식화된 지배 문화가 강요하는 독백적이고 권위적이며 서열적인 집회 방식에 대항하면서, 길들여지지 않은 채 새로이 생성되는 복면의 얼굴들이 광장의 풍경으로 채워질 수 있도록 시인은 복면을 써야 한다고 힘주어 주장한다.

지배 세력의 복면 금지'법'이라는 질서에 저항하며 복면을 착용하는 순간, "생짜의 욕설과 사투리가 마구 튀어나오"고, "점잔과 체면, 위선과 허위에 가려진" 것들이 "맨 얼굴"을 드러냄으로써, 인간은 사회 속에서의 '생존 의지'가 아니라 "제 의지에 따라 행동하고 결단하"는 순간을 만나게 된다. 복면을 착용함으로써 인간의 몸은 기성의 사회적 공간이 아닌 새로운 공간으로 위치할 수 있게 되고, 자신을 제한하던 문명의 법에서 이탈하는 목소리도 비로소 튀쳐나올 수 있게 된다. 복면을 통해 "순식간에 인도와 차도의 경계선이 지워지고, 치안이 마비되고, 또다시 긴 반동의 밤이 오가고, 그러나 미처 예상치 못한 새로운 문법의 예술과 철학과 인류가 축복처럼 탄생하"(「광장의 시간 - 토요혁명에 부쳐」)게 되는 것이다. 복면으로 얼굴을 '은폐'하는 순간, '얼굴의 부재' 속에서 세계의 '맨 얼굴의 존재'가 역설적으로 태어나게 된다. 그렇게 광장의 노상에서 "잠든 영원한 아이가 문득 기적처럼 깨어나"(「복면」)는 생성의 순간이, 하이데거와 김수영이 그토록 사랑한 '은폐'와 '개진'의 순간이 현현하는 것이다.

혁명이란 사회적 가면을 쓴 하나의 주인공을 광장의 무대에 우뚝 세우기 위해 존재하는 것이 아니리라. 나이면서 너이고, 너이면서 나인, 외적으로나 내적인 사회적 구별을 무화시키며 복면들이 몰려올 때 "어쩌면 영원히 그 누구도 주인이 아니면서 누구나 주인이었을" 진정한 광장의 주인이 탄생하며 비로소 혁명은 도래하는 것이다. 그리하여 너와 내가 구별되지 않고, 주연과 조연이 구별되지 않는 광장에서 사회적 가면을 벗어던지고 서로 간의 경계를 허물 때, 광장의 복면들은 언젠가 오월 즈음에 감각한 적 있었던 '공동의 몸'을 데자뷔할 수 있게 된다. 너의 몸과 나의 몸이 다르지 않다는 것, 내 맨몸의 진실이 네 맨몸의 진실과 함께한다는 것을 알아보게 되면서, '오월의 길'은 현재적 지속성을 가지며 다시 출현하는 것이다.

'복면의 공동체'가 자신의 얼굴을 숨길 때, 역설적으로 "생짜"의 언어와 맨 얼굴의 진실들이 태어난다. "새로운 시민들의 합창이 폭죽처럼 밤하늘로 울려 퍼지"(「광장의 시간－토요혁명에 부쳐」)니, 시인은 눈을 감고 가만히 귀를 세운다.


## 4. 듣는 귀가 부르는 소명의 풍경으로

임동확 시인은 시각의 한계와 사회적 가면의 시계 속에

서 눈멀기를 거부하고, 마치 오이디푸스처럼 스스로 눈을 찔러 "생짜"의 진실을 밝히는 방법을 사용하는 것 같다. '보는 눈'이 아니라, '듣는 귀'를 통해서, 다시 세상을 자세히 바라보면서 말이다. 즉 외부적 풍경을 시각적으로 장악하는 것이 아니라 타자의 주변적 목소리에 귀 기울임으로써, 시인은 자기 내부의 풍경의 길을 재구성하고 있는 듯하다.

그리하여 시인이 걸어가는 길은 온통 음악으로 가득 찬 "야외무대"(「가을 음악회」)다. 소요 속에 묻힌 고요에서 "끝내 미지로 남을 낱낱의 소리"(「고요는 힘이 세다」)를 "애써 펼쳐 보"고, 그 속에서 "사랑의 변주곡"(「김수영 문학관」)을 발견하고, "세상에 오직 단 하나밖에 없는 라산스카의 목소리(「김종삼 음악회」)"의 고유성을 일별하기도 한다. "누군가 간절히 호명할 때" 나타난 바 있지만 "그만 어딘가로 숨어들고 마는 의미의 메아리들"(「태백산 시론詩論」)에게도 가만히 귀 기울인다.

이러한 소리들에 귀 기울이며 시인은 다음의 글에서처럼 "개념적 세계로는 포착되지 않은, 아니면 그것들이 불가피하게 배제시키거나 지나쳐 버린 것들을 비로소 현실화하"겠다 다짐해 보는 것이다. 시각과 인식에 의해 포착되지 못하고 사라진 존재들에 대한 관심, 은폐되어 있지만 생의 직접성을 보여 주는 '미지의 근원'에 고요히 귀 기울이려는 자세는 지난날 그가 써 온 다음의 문학론을 통해서도 확인할 수 있다.

"문학은 그러기에 시각보다는, 그 시각의 타자라고 할 수 있는 귀를 더 중시한다. 이성적이고 개념적으로 붙잡아 고정시킬 수 없는 생기의 명령을 경청하는, 귀 기울여 들음에 더 큰 비중을 둘 수밖에 없다. 기술적인 도구로 우리의 눈을 현혹시키고 기만하고 눈멀게 하는 것들은 단지 거기에 그치지 않고, 어떤 것에 깊이 있게 접근하고 사유하는 것을 배제시키는 까닭이다."

　　　　－「눈에서 귀로, 관음(觀淫)에서 관음(觀音)으로
　　　　　－가상현실 시대의 문학과 운명」부분


이 글에서 그는 인간의 시계(視界)로 훔쳐 보고, 확증하여 보고, 환원하여 보는 "관음(觀淫)"의 태도와 구별하여, "관음(觀音)"이란 말을 힘주어 강조한다. 원래 불교에서 말하는 "관음"이란 고통에 허덕이는 중생이 '그 이름을 부를 때' 즉시 그 음성을 관(觀)하며, 자비를 베풀어 해탈시켜 주는 보살을 의미한다. 이러한 보살은 구원을 요청하는 중생의 근기에 맞는 모습으로 고통의 자리마다 천변만화(千變萬化)하며 다가가는 존재이다. 시인은 이러한 용어를 차용하여 "인간의 다양한 삶이 들려주는 온갖 소리들을 낱낱이 헤아려 듣는"'관음'의 시적 태도를 강조한다. 현실적 여건들의 직접적 구체성과 상황적 구속성을 헤아려 바라보고, 그렇게 내적으로 결정된 실존적 삶들과 인과된 외부의 존재들을

'생기'의 전체적 관계 속에서 설명하면서, 상황적 구속에서 해방된 시적 지경을 개시해 주는 방식으로 시를 써 나가는 것이다.

그의 '관음'이란 사회적으로 약속된 '호명(呼名)'을 단순히 듣는 것이 아니라 고통받는 재난의 풍경을 자발적으로 탐색해 가며 자신의 '소명(召命)'을 알아 가는 적극성으로 나타난다. 즉 사회제도가 큰 소리로 '호명'하는 것을 수동적으로 듣는 복종이 아니라, 사회제도에 자신의 목소리를 억압당해 미처 말하지 못하고 침묵하고 있는 주변부의 타자들을 알아보고, 그들이 부르는 소리를 적극적으로 발굴해 복원해가는 것이다. 우리는 흔히 듣기를 말하기보다 수동적인 것으로 생각하기 쉽지만, 그에게 '관음'으로서의 듣기란 어쩌면 말하기보다 매우 적극적이고 정치적인 행위라 할 수 있다. 작게 말하거나 웅얼거리며 말하거나 미처 말하지 못하고 침묵함으로써 의미화되지 못한 언어들에게 가만히 귀 기울임으로써, 하방(下方)에서 고통스럽게 헤매는 언어들의 사회적 영향력을 회복시키기 때문이다.

그리하여 시인은 시집 전권에 걸쳐 상당량의 비중으로 "차고 빠른 물살 속에 아직도 갇혀 있는/수중고혼(水中孤魂)"(「무명 가수를 위하여」)들의 목소리를 인양해 내며, 귀가 먹먹해지는 수심의 압박을 전달한다. 그리고 매장되어 말하지 못한 존재들과 수장되어 말하지 못한 존재들에게 애써 물으며, 그들을 "찾아"내는 것이다.

오늘 밤에도 난 애써 묻지 않으면 결코 다가오지 않을 너의 손을 잡으며 맹인처럼 널 부른다. 그러나 초정밀 열영상 현미경으로도 접근 불가능한 네 눈동자와 마주친 내가 누구인지 확신하지 못한다. 행여 너의 전부를 미국 국가안보국(NSA)처럼 추적한다고 해도, 난 여전히 대기권 밖의 허블 망원경처럼 떠도는 네가 누구인지 묻고 있다, 설령 그 시작과 끝이 드러나고 드러난다고 해도, 밤의 블랙홀처럼 연신 나를 떠밀고 가는 너를 찾으며.

— 「너를 찾아서」 전문

이 시에서 부르는 자는 과연 누구인가? 표면적으로는 '나'로 표현된 시인이 '너'를 부르며, 너의 위치를 추적하는 듯 보이지만, 그러한 시인의 행위를 불러내며 "떠밀고 가는" 것은 바로 '너'다. 이 시집의 「자서」에서부터 시인은 고백하고 있지 않은가. "나의 시를 떠밀고 온 것은 내 의지가 아니었다. 이전에도, 이후에도 너였다"라고 말이다. 이러한 너라는 타자는, 수색하기를 기다리는 유해처럼 알 수 없는 곳에 숨어 먼저 다가오지 않는다. 또 얼마나 저편에서 수동적으로 침묵하는가. 그러나 그러한 절대적 침묵을 깨고, 이들의 목소리를 스스로 찾아가야 하는 것이 시인이다. 그리하여 "오늘 밤에도 난 애써 묻지 않으면 결코 다가오지 않을 너의 손을 잡으며 맹인처럼 널" 불러대는 것이다.

'너'라는 존재는 '시 쓰기'라는 지극히 수동적이고 정태적인 행위를 실천적 적극성으로 바꿔 나가게 만드는 존재다. 시인 스스로가 고통받는 타자의 자리를 찾아가게 하고, 스스로 물어 나가게 만든다. 시인의 질문 앞에서 수심을 알 수 없이 침묵하고 있는 존재들은 그리하여 시인에게 되돌려 묻는다. "'엄마, 난 어디서 온 거지?' '아빠, 우린 어디로 가는 거지?'"(「진혼가—'4·16 대재난'에 부쳐」)와 같은 질문을 시인 스스로에게 던져 나가는 것이다. 시인은 자신의 내면을 향해 메아리처럼 울리는 질문들에 직면한다. 그렇다면 "시는 어디서 왔는가?" 그리고 "어디로 가는가?", 그 질문들에 떠밀리며, 세계 내 존재로서의 시인의 '소명'과 '운명'에 대해 생각하며, 미지의 '너'를 찾아 천천히 귀 기울일 수밖에 없다.


## 5. '너'의 풍경과 노래의 풍경으로

이번 시집에서 시인은 특히 사월 바다에 수장된 '너'의 목소리에 귀를 기울인 듯 보인다. '가만히 있으라'로 상징되는 치안적 명령에 복종함으로써, 침묵하게 된 존재들에게 언어와 생명을 다시 찾아 줘야 하기 때문이다. 그러나 아무리 자세히 귀 기울여 다가간다 해도 그들의 목소리를 온전히 찾아 주기는 어렵다. 타자의 무한하고 절대적인 고통은 '나'

의 목소리로 재현 불가능한 것이다. 귀 기울여 듣지만, 매장되고 수장된 존재들은 말할 수 없다. 그 목소리는 노래하는 주체의 현재 속에서 선택되고 구성되는 풍경들일 수밖에 없다.

시인은 '너'라는 타자가 겪는 절대적 고통을 '나'의 언어로 온전히 재생할 수 없다는 것을 안다. 그리하여 시인은 다음의 시에서 '너'의 시간과 '나'의 시간을 함부로 통합하지 않은 채 그저 대비시키는 방식으로 노래한다.

네가 깊고 푸른 심연의 난간에 그나마 성한 영혼의 한 발을 걸친 채 그믐달처럼 매달려 있을 때

내가 사랑한 건 결국 너의 전부가 아닌, 행여 저조차 끝없이 못 믿어 온 한낱 난파선 같은 나의 의지

기껏해야 벌써 싸늘해진 기억의 선체를 인양(引揚)하는 일만이 오롯이 너의 몫으로 남아 있을 때

내가 가진 것이라곤 널 최후의 순간까지 지탱해 줬을 법한 수평선마저 탕진해 버린 시간의 잔해들

그만 네가 신촌 사거리 바닥에 털썩 주저앉은 채 연신 엄마를 애타게 부르며 통곡하고 있었을 때

내가 확신하는 것이라곤 반향 없는 메아리처럼 사라진 너
의 뒷등을 오롯이 기억하며 겨우 여기 살아 노래하며 기도하
고 있을 뿐

정작 네가 처음이자 마지막으로 누군가를 간절하게 부르
며 거대한 수압 같은 고독과 마주하고 있었을 때
　　　　　　　　　　　－「누군가 간절히 나를 부를 때」 전문

이 시집의 표제작이기도 한 위의 시는, 총 7연으로 이루
어져 있다. 1, 3, 5, 7연은 '너'의 시간으로 시작하고 2, 4,
6연은 '나'의 시간으로 시작하며 층층의 겹을 통해 서로의
시간들이 대비되고 있다. "푸른 심연의 난간에" 매달리다
"반향 없는 메아리"로 사라진 "너"와 "겨우 여기 살아 노래
하고 있"는 나의 서사는 하나의 만남으로 포개지지 못한 채
한 행씩 교차되며 기술된다.

이 시의 시작 행과 끝 행의 주어가 다 '네가'에서 시작
될 정도로 '너'라는 존재는 이 시를 가능하게 한 원인이지
만, 정작 이 시에서 '나'는 너라는 존재에게 온전히 다가갈
수 없다. 저편의 단절된 시간 속에서 '너'는 절대적 고통의
"몫"을 홀로 감당하고 있기 때문이다. 마치 '너'는 "단 한 차
례도 제가 원하는/수심에 이르지 못한 등댓불"(「거문도 등
대」)처럼 낯설고 "고독"하다.

시인은 "신촌 사거리 바닥에 털썩 주저앉은 채 연신 엄마를 애타게 부르며 통곡하"던 처음의 간절한 순간과 "거대한 수압 같은 고독과 마주한" 너의 마지막의 간절한 순간을 온전히 마주치지 못한 채 고통과 죄의식에 시달리고 있다. '죽음' 너머로 간 '너'의 고독에 온전히 가닿지 못한 채로 시인은 '너'의 "뒷등"을 기억하며 노래하고 있을 뿐이다.

그러나 '나'라는 동일자로 인해 온전히 장악되지 않은 미지의 '정면'을 무한히 상상할 수 있기에, '너'의 '벌거벗은 고통'이 오히려 오롯이 존재할 수 있는 게 아닐까. "더 간곡하고 절실하게 노래는 절정을 향해 가지만/단 한 명의 아이도 빈 교실로 돌아오지 못한 채,/짐짓 게릴라를 자처하는 가수의 노랫소리만/찬 공기를 가르"는 "침묵의 광장"(「솔베이지의 노래」)에서 시인은 '내가' 도달할 수 없는 '벌거벗은 너'와의 거리를 '나'와 '너'의 관계적 형식으로 시화하고 싶었던 것 같다.

이 시(「누군가 간절히 나를 부를 때」)에서 주목할 만한 것은 "나"와 "너"가 하나의 자기동일적 만남으로 포개지지 않음으로써, 서로에게 공명하는 메아리가 되고 있다는 것이다. 여기서의 '너'와 '나'는 서로에게 존재이면서 메아리이고, 또 메아리이면서 존재이다. '너'라는 존재를 통해 메아리와 같은 '나'의 노래가 시작되었고, '너'가 죽음의 메아리로 사라지며 생의 타자가 되는 순간, '나'는 시인이라는 '존재'가 되어 '죽음'을 노래하게 되는 것이다. 바로 '너의 간절한 부름'

과 '나의 시인으로서의 노래 부름'이 상호 연관되어 존재하면서 노래의 윤리적 형식이 생성되고 있다.

"사랑의 중력에 붙들린 채"(『운석』) 타자의 목소리로 하방하는 길은 언제나 '나'의 목소리로 자욱할지 모른다. 그리하여 시인은 이와 같은 관계적이고 윤리적인 시적 형식을 마련하여 타자의 목소리를 최대한 침범하지 않으려 한다. 그리하여 '너'와 '나'의 시간이 층층의 겹을 이루듯 퇴적되어 시간의 지층을 이루고 있는 이 시를 통해, 우리는 한 시대의 '간절한 노래'가 마련해 온 '삶'의 지형을 가만히 조감할 수 있는 것이다.

앞으로도 '사월'에서 '오월'로 이어지는, 그리고 그 어떤 누군가의 '세월'로 연이어지는 눈먼 풍경들이 들이닥치겠지만, 이와 같은 시가 마련해 온 타자의 공간이 '매장'과 '수장'의 시간을 이겨 낼 노래의 진풍경을 보여 주지 않겠는가. 임동확의 시가 여태 그러하였듯이 '매장시편'에서 '생성시편'으로 향하는 노래들은 '벌거벗은 것'들이 놓인 길을 밝혀 주며, 시의 길눈도 밝혀 줄 것이다.

그러한 길 위에서 독자인 우리도 운명처럼, 그의 부름, 노래 부름을 연이어 기다린다. 오늘의 시집을 거쳐 임동확 시인의 도래할 다음 시집의 풍경까지도 '떠밀리듯' 기다려 보는 수밖에 달리 방법이 없다.

**시인수첩 시인선 004**
누군가 간절히 나를 부를 때

ⓒ 임동환, 2017

초판 1쇄 인쇄  2017년 7월 13일
초판 1쇄 발행  2017년 7월 31일

지은이 | 임동환
발행인 | 강봉자·김은경

펴낸곳 | (주)문학수첩
주   소 | 경기도 파주시 회동길 192(문발동 513-10) 출판문화단지
전   화 | 031-955-4445(대표번호), 4500(편집부)
팩   스 | 031-955-4455
등   록 | 1991년 11월 27일 제16-482호

홈페이지 | www.moonhak.co.kr
블로그 | blog.naver.com/moonhak91
이메일 | moonhak@moonhak.co.kr

ISBN 978-89-8392-662-3  03810

「이 도서의 국립중앙도서관 출판예정도서목록(CIP)은 서지정보유통지원시스템
홈페이지(http://seoji.nl.go.kr)와 국가자료공동목록시스템(http://www.nl.go.kr/
kolisnet)에서 이용하실 수 있습니다.(CIP제어번호: CIP2017016789)」

\* 파본은 구매처에서 바꾸어 드립니다.